组织委员会

主　任：李宇明　刘　利

副主任：韩经太

成　员：杨尔弘　刘晓海　田列朋

专家委员会

主　任：袁行霈

委　员：蔡宗齐　高　昌　顾　青　李宇明

　　　　陶文鹏　吴思敬　詹福瑞　周绚隆

北京语言大学语言资源高精尖创新中心 组编

新选中国名诗1000首

现当代诗鉴赏

韩经太 主编

张福贵 注评

人民文学出版社

图书在版编目（CIP）数据

现当代诗鉴赏/北京语言大学语言资源高精尖创新中心组编；韩经太主编；张福贵注评．—北京：人民文学出版社，2022

（新选中国名诗1000首）

ISBN 978—7—02—017362—4

Ⅰ．①现… Ⅱ．①北… ②韩… ③张…Ⅲ．①诗歌欣赏—中国—现代②诗歌欣赏—中国—当代 Ⅳ．①I207.22

中国版本图书馆CIP数据核字（2022）第137704号

责任编辑　徐文凯
装帧设计　黄云香
责任印制　任　祎

出版发行　人民文学出版社
社　　址　北京市朝内大街166号
邮政编码　100705

印　　刷　三河市中晟雅豪印务有限公司
经　　销　全国新华书店等

字　　数　154千字
开　　本　880毫米×1230毫米　1/32
印　　张　13.25　插页5
印　　数　1—3000
版　　次　2022年9月北京第1版
印　　次　2022年9月第1次印刷

书　　号　978-7-02-017362-4
定　　价　56.00元

胡　适　｜郭沫若
徐志摩　｜闻一多
冰　心　｜林徽因

冯　至　臧克家
戴望舒　艾　青
郭小川　何其芳

昌耀　食指
芒克　多多
舒婷　翟永明

顾　城　陈东东
骆一禾　吉狄马加
张　枣　海　子

读懂诗意的中国

——"新选中国名诗 1000 首"丛书总序

韩经太

中华民族伟大复兴之路，也是一条充满诗意的道路，从悠远的历史深处走来，又向光明的未来高处走去，一路上伴随着历史风雨对生活真相的冲刷，也伴随着思想信念对人生理想的雕塑。所有这一切，又通过诗人的艺术语言凝练为文学形象世界中的华彩乐章，展示着中华民族精神世界的精彩与微妙。特别是历代名家之名作，在传诵人口的过程中被反复解读，自然而然地浸入人民大众的感情生活而塑造着整体国民性格，从而使我们这个盛产诗歌文学作品的文明古国具有堪称"诗意中国"的特色。而当今时代无疑是这种特色日益显著的时代，融媒体多元而高速的传播手段，助力中华诗词尽可能普及地走进千家万户，诗词大会的竞赛机制牵引着大众百姓的诗词习得，于是乎记诵名篇名句而着力于养成诗意交流能力，从大学讲堂到幼儿教育，处处弥漫着感受诗意的生活空气。随着中华诗词迅速普及的客观形势，真正热爱诗歌艺术继而更加热爱中华诗词艺术的读者，越来越意识到一个最浅显却又最深刻的道理，"诗意中国"需要"诗意阅读"，而在此讲求真正"读懂"诗意的解读之路上，从事文学专业研究而积淀丰厚的"学术名家"的特殊作用，日益凸显出来。这也是我们特邀当代学界名流来完成这一套"新选中国名诗1000首"丛书的"初心"所在。

"新选中国名诗1000首"丛书，在编选体例上兼备诗歌选本的"选释"功能和诗词鉴赏的"鉴赏"功能，而在更为重要的编选原则上，则有现实针对性地强调通观古今的历史视野和兼容道艺的诗学思维。如果说通观古今的历史视野具有超越当今学科壁垒的现实针对性，那道艺兼容的诗学思维就是对长期以来诗歌艺术研究相对忽略其艺术性分析的一种纠偏。更何况一篇精彩的诗歌鉴赏文章，往往是作者人格学养的浓缩式体现，尤其是对作品整体的解读把握，不仅包含着关于诗歌史发展脉络和思想史发展逻辑的深入思考，而且包含着"这一个"诗意典型世界如何具体生成的艺术性分析，这是空洞的理论表述根本无法替代的，而恰恰是我们这套丛书非常看重的。

一代有一代之文学，一代也有一代之"选本"学。文学和学术，与时代背景息息相关。我们正处在这样一个时代，"诗意栖居"的西哲命题，在中国新时代阐释学的创意发挥下，不仅重新燃起了原始儒家"吾与点也"人格理想的精神火花，而且有望于激活原始道家"吹万不同，而使其自己"的主体创造精神。惟其如此，就使"每个人的自由发展是一切人的自由发展的条件"这一马克思主义者之

"初心"，成功实现了与中华优秀传统文化的本质契合。这里不仅有学界人士所确认的"儒道互补"的整合阐释方式，而且有时代需求所指示的"中西参融"的辩证阐释路向，只有两者的成功结合，才能真正有助于发扬中华传统文化特有的追求天人合一而又讲求诗情画意的人文精神。天人合一是一个涵涉深广的思想命题，然而无论民胞物与的仁者襟怀还是以物观物的自然理念，其中都有孕育诗情画意的精神土壤，也正是在这个意义上，中华传统文化是一种最富诗情画意的思想文化。待到历史进入现代文明社会，诗意中国对于诗情画意的追求，在现代工业文明持续发展的历史背景下，更有其特殊的价值和意义。想必人们已经注意到，从经济发展的某个节点开始，出现了与城市化发展趋势相呼应的精神生活新取向，那就是希望把精神安顿在绿水青山之间！对于当代中国来说，这兴许是因为，经济发展在为国人提供了相应的物质基础之后，人之所以为人的精神生活质量的提升，越来越成为"人的自觉"的中心内容，而超越物质欲望的精神追求，总是与"蓝天白云""绿水青山"的审美相伴随。缘此之故，诗意中国的古典传统自然而然地融入到当今中国人的性情自然之中，而读懂诗意的中国也因此而成为新时代美学追求的题内应有之义。

伴随着中华传统诗文走进学校课堂，各式各样的诗歌选本，犹如雨后春笋，琳琅满目，层出不穷。于是，自然就有了人们对选本的选择。而正是在选本之选择的过程中，人们越来越意识到"精品"的价值。"新选中国名诗 1000 首"丛书作为北京语言大学语言资源高精尖创新中心的规划项目，其"名家选名诗"的选题立意已经充分表达了追求"精品"之"初心"。一般来说，当下的读者不再会为了一种诗歌选本的问世而兴奋，除非像《钱锺书选唐诗》那样给唐诗之美再添上文化名流的影响力。当年，钱锺书的《宋诗选注》曾以其独到的编选眼光和更其独到的注释话语，产生了跨越特殊历史时期的文学影响力。然而，《钱锺书选唐诗》有选而无注，相信很多人会感到遗憾。弥补这种遗憾的机会当然很多，"新选中国名诗1000首"丛书中的由葛晓音撰写的《唐诗鉴赏》（200首），以其特有的精选眼光和精妙解读，必将成为唐诗爱好者的最佳选择。由唐诗而扩展至宋诗，于是又有莫砺锋的《宋诗鉴赏》（200首），进而扩展至由《诗经》时代直抵当下的整个中国诗歌历史，于是还有赵敏俐的《先秦两汉诗鉴赏》、钱志熙的《魏晋南北朝诗鉴赏》、张晶的《辽金元诗鉴赏》、左东岭的《明诗鉴赏》、蒋寅的《清诗鉴赏》、张福贵的《现当代诗鉴赏》（各100首）。总之，"新选中国名诗1000首"所推出的八部选本，覆盖了诗歌史发展的各个时代，而借此推出的八位"选家"，也代表了当代诗歌各阶段研究的一流水平。在琳琅满目的诗歌选本中间，由此八位"选家"合作完成的这个选本系列，显然是极富特色的。

八位"选家"的集体合作，自然而然地赋予"新选中国名诗1000首"之选诗、注解和鉴赏以"名家解读"的整体特色，而八位"选家"的学术个性，又自然而然地呈现出彼此不同的个体风貌，在此整体特色和个体风貌之间，是一种彼此默契的诗学追求，其间当然有学术共识的坚实基础，但更为重要的默契，犹如本序开头之所言，一是"通古今之变"的大历史视野，一是"道艺不二"的诗歌美学精神。

"通古今之变"的通观历史眼光，必将聚焦于"五千年"传统文化和"一百年"现代文化涌动冲撞的历史大变局，并因此而追求对中华诗词的整体观照和全面把握。在我们看来，诗意中国的精神意态，是植根于中华优秀传统文化的丰厚土壤而又吸收新文化的智慧营养，并在古今大变局的历史转型过程中经受严峻考验而茁壮成长起来的诗性生命之树，其风采光华兼备古典美和现代美而得两端之妙。也正是在这个意义上，"传统"不是外在于"当代"的"他者"，就像"现代"的价值并不仅仅是为了替代"古典"那样。自从中国古代文学和中国现代文学被分为两大学科以来，各自表述的学科性思维实际上已经遮蔽了许多历史真相。其中最显著的一点是将中国古典诗歌和中国现当代诗歌分为两橛，不利于古今之间的融会贯通。"新选中国名诗1000首"丛书和2020年5月出版的《中国名诗三百首》有意识地突破这一点，将中国古典诗歌和中国现当代诗歌贯通起来予以选析，这对于读者诸君通过观古今之变的大历史视野领会诗意中国当具一定的启发意义。

至于"道艺不二"的诗歌解读，关键在于主题阐释与艺术分析的浑然一体，为此，首先需要诗意解读者具有特殊的诗性审美的艺术鉴赏力。鉴于当今许多文学论著很难显现作者的文学鉴赏能力，导致文学研究缺少"文学性"的现象，"新选中国名诗1000首"丛书格外重视每首诗的艺术鉴赏，试图通过这 1000 篇出自知名专家笔下的鉴赏文章，有效提升全社会"文学阅读"的艺术水准。从完成质量来看，八位"选家"对此是非常用心的，他们一方面深入每首名诗产生的历史文化语境，阐发每首名诗蕴含的思想底蕴和精神高度；另一方面又在诗歌史的纵向延展和横向渗透方面，揭示每首名诗所达到的艺术高度和独特魅力。这对于读者诸君妙悟诗歌真谛当有重要帮助。八位"选家"在选释的过程中，既有对前贤选释本精华的采撷，又有青出于蓝的独到之见。如或不信，请读者诸君对读本丛书中的葛晓音的《唐诗鉴赏》和 2020 年热销的《钱锺书选唐诗》，莫砺锋的《宋诗鉴赏》和钱锺书的《宋诗选注》。其他各卷同样如此，都对之前出版过的各种选本有所超越。

鉴赏是本丛书的核心所在，我们希望八位"选家"将名诗的选释定位于对中华优秀传统文化和中华美学精神的总结和传承上进行。八位"选家"对此非常自觉，鉴赏时见对中华优秀传统文化和中华美学精神以及中国智慧的发掘，荦荦大者如天人合一、诗中有画、民胞物与、家国情怀、现实关怀、忧患意识、通变意识等。可以说，八位"选家"对诗意中国的精神意蕴和诗意栖居的哲学命题，都有深入的思考和真切的体认。我想这对中华优秀传统文化之核心价值观的凝定，和整个人文素养和精神境界的提升，必将产生积极的助益。

需要说明的是，本丛书所选诗歌采取广义的诗歌概念，外延包括诗、词和部分散曲作品，所以唐代之后的部分选了一些词和散曲。

这既是出于本丛书力求选释中国文学史上的诗歌"精品"的"初心"，也是为了更全面地反映诗意中国的丰富形态。此外，为了统一体例，避免将一人的各体作品分散在书中的多个部分，本丛书采取以人为纲的编排方式。

最后，我本人作为"新选中国名诗 1000 首"丛书的主编，借此总序撰写机会，向热情参与此项目的八位知名学者，表示衷心的感谢！我相信，中国名诗之精选精品的"精品"打造，是为学术研究服务社会创造机遇，将使知名学者面向大众读者贡献自己的诗性智慧，从而共同提升新时代中国人诗意生活的质量。

2022 年元旦前夕于北京

目　录

前　言

　　如何从中国新诗百年的历史长河中打捞出 100 首当下读者认同的经典之作，并不是一件容易的事。这难处不在于时间的长短，而在于经典的理解甚至是经典的有无。

　　中国百年新诗在中国诗歌史上只是短暂的时段，百年历史，百年风云，峰回路转、波澜壮阔的中国社会现实为现代诗歌创作与传播提供了一种特殊的语境。伴随着社会的历史进程，百年新诗经历了不同而又相通的发展阶段，每一个阶段都有代表性的诗歌佳作。

　　如何为中国新诗百年发展史进行分期并不是一件易事。百年新诗史起伏变幻，无论是从诗歌内容、诗歌形式还是从诗歌审美风貌、诗歌流派，都可以进行不同的分期。但是，对于新诗史的分期方式，我还是坚持按现当代文学史的分期原则，即以社会时代或者重大的

政治事件为基本点，将百年新诗史纳入中国百年社会历史发展进程之中，以不同的社会阶段作为新诗发展的不同时段，由此把握中国新诗如何反映中国社会时代的变化与时代精神。

按照社会时代的变化，并结合诗歌的艺术特征，百年中国新诗发展史大概经历了这样几个阶段："五四"时期初期诗歌转型时代、1930 年代诗歌多元化时代、1940 年代诗歌的政治化与个人化时代、新中国十七年政治抒情诗与新民歌时代、"文革"诗歌时代、新时期诗歌思潮、后生代诗潮和网络诗歌时代等。这些划分毫无疑问是不甚清晰和准确的，甚至可能是勉强的。但对每个阶段细致区分的话，可以比较明显地看出一个阶段与另外一个阶段的差别，也可以看出此阶段是怎样通过内在的积累与外在的影响过渡到彼阶段的。而这些变化在很大程度上表现在该阶段经典诗作之中。

百年中国新诗发端于"五四"时期白话诗创作，是与"五四"新文化运动相呼应而出现的新文学创作实绩。初期白话诗可以称之为写实主义白话诗，从诗歌体式来看，初期白话诗是古体、民谣体和新体的融合，体现出传统旧体诗向新体自由诗过渡的鲜明特征。因此，除了朗朗上口的传统韵律之外，通俗朴拙的写实手法也是初期白话诗的一种突出的艺术表现方式。正是由于这种新旧转换的"尝试"时刻，初期白话诗的经典之作极其缺少，我们读诗、选诗也极其困难。以往人们选取胡适的《两个蝴蝶》作为经典之作，主要是因胡适的新文化先驱地位和新诗"尝试"的价值。就诗作本身而言，《两个蝴蝶》典型地体现了新旧交替阶段的所有优点和不足。如果就当下影响而言，刘半农的《叫我如何不想她》不仅因为诗歌内容的直率大胆、热烈明快而脍炙人口，更因被赵元任谱曲而传诵一时成为名歌。应该说，这首诗从思想与艺术、从当下与历史等多方面看，是初期白话诗中最接近"完美"的罕有诗作。

比初期白话诗出现稍迟的初期浪漫派自由诗，则呈现出与前者不同的审美风尚和形式特征。初期浪漫派自由诗是一种真正具备新诗素质的诗歌，以郭沫若、"湖畔诗派"及"小诗派"等为代表。郭沫若的《女神》从诗歌内容到诗歌体式以及表现节奏，都非常具有"五四"新文化时代精神特质。但是随着时代的变迁，在"五四"激情主义浪潮退去之后，其审美价值的认同也日渐弱化。相反，郭沫若的短诗《天上的街市》却因其隽永明快的节奏和富有情愫的意境而成为恒久的经典，并进入多种语文教科书中。冰心的抒情小诗可能是"五四"新诗中最为柔软的诗作，其意义不只是一种诗歌形式的创造，更是一种温情的人性爱的智慧表达。这种温情的人道主义既是"五四"时代精神的表征，又是对于初期白话诗写实主义和激情主义的补充和调节。读冰心的诗，会使人静下来、软下来：

造物者——

倘若在永久的生命中

只容有一极乐的应许。

我要至诚地求着：

"我在母亲的怀里，

母亲在小舟里，

小舟在月明的大海里。"

童真、母爱、自然那么和谐地组成一幅安谧温软的画面，我每次读这首诗都在想，短短的几行文字怎么容得下这么宽厚弥漫无边的爱？真正的经典是具有超越性的，不仅超越时代，而且超越民族和国度，得到人类的认同。爱是永恒的，表现永恒爱的作品也会永恒。郭沫若和冰心是初期白话诗思想与情感的两极代表，激烈与温婉、个性主义与人道主义、长篇与短句，二者合一，都体现了"五四"时期的文化精神。

1930年代是中国新诗的第一个黄金时代，中国新诗前30年发展史中的所有经典几乎都在这一时刻诞生，所以很难用某一种概念或者流派来命名这个成熟的艺术时代。从思想到艺术，从诗人到社团，都呈现出一种多样的经典化高峰。

在郭沫若、冰心们之后出现的新月诗派在传统与现代、格律诗与自由诗之间寻找到了新的平衡，脱掉了李金发式的生硬嫁接。人们普遍认为，这种"新格律诗"的出现，纠正了初期白话诗过于直白、散漫的问题，在一定程度上挽救了中国新诗。像闻一多的《死水》那种格律化极其明显、情感极其暴烈的诗作在新月诗派的作品中并不多见，更多的是一种韵律流转、情感轻柔的自由诗。新月派是一个贵族气、文人气都很浓的文学团体，悲悯情怀与才子气派构成了这个诗人群体创作的雍容典雅和个性飘逸的审美风尚。徐志摩的《再别康桥》毫无疑问已经成为新诗的经典，而且共识性极高。其实徐志摩的那首《沙扬娜拉》更能表现诗人的性情与风格：

> 最是那一低头的温柔
>
> 像一朵水莲花不胜凉风的娇羞
>
> 道一声珍重　道一声珍重
>
> 那一声珍重里饱含着甜蜜的忧愁
>
> ——沙扬娜拉！

一首诗，一幅画，一片情，短短几句便把少女的温柔羞怯的神态、身体的姿态以及抒情主人公的风流潇洒表现得让人情迷心醉，触碰到了人性中最柔软的地方。与徐志摩的潇洒不同，挚友林徽因悼念

徐志摩的诗作《别丢掉》，则是一种肝肠寸断、欲说还休的思念与心痛：

别丢掉

这一把过往的热情，

现在流水似的，

轻轻

在幽冷的山泉底，

在黑夜　在松林，

叹息似的渺茫，

你仍要保存着那真！

一样是月明，

一样是隔山灯火，

满天的星，

只使人不见，

梦似的挂起，

你问黑夜要回

那一句话——你仍得相信

山谷中留着

有那回音！

1931 年 11 月 19 日，徐志摩因从上海赶往北京听取林徽因的演讲，所乘飞机在白马山撞毁不幸遇难。二人之间多年的深厚情意使林徽因在徐志摩逝世一年后仍难掩内心的悲痛，不忍更不愿相信徐志摩的离去。而这份对旧友的怀念并未明晰透彻地言说，诗人将自己与徐志摩的过往回忆和怀念之情融入全诗，情绪点到即止，显而不透又刻骨铭心，全诗萦绕着一种隐晦、耐人寻味的朦胧之美。

新月诗派的价值不只是在个人艺术经典的创造，更在于其对中国新诗发展史上承前启后的贡献：弥补了初期浪漫派自由诗过于散漫的缺陷，又以含蓄深沉的表现手法启示了其后的象征派诗歌。

象征派诗歌是 1930 年代中国新诗创作的一个成功的典范，戴望舒等人将中国传统诗歌的韵律、意境与西方象征主义诗歌的朦胧意象与多义主题融合在一起，创造了中西合璧的艺术经典。一首朦胧静谧的《雨巷》通向了社会风云与个人哀愁的终点。戴望舒诗歌的可贵之处，在于将中国古代诗歌"诗贵含蓄"与西方象征主义做了一种适当的融合和贯通，用一种朦胧和含蓄来曲折表达个人对于社会人生的困惑、苦楚，使诗歌涂抹上了一种淡淡的哀愁与朦胧的希望。

1940 年代是中国社会又一个新的转折时期，新诗创作受时代影响，政治意识明显突出，预示着中国文学和社会重大转换的趋向。

其中，以解放区诗歌和国统区政治讽刺诗与"九叶诗人"的创作最为令人瞩目。

1950年代，万象更新，中国诗歌进入一个歌唱的时代。贺敬之、郭小川的政治抒情诗和闻捷的新爱情诗代表了这一时代许多诗歌特征，成为共和国初期诗歌创作中的新经典。然而需要指出的是，许多诗歌也出现了政治意识强化而审美意识弱化的现象，影响了诗歌经典化的文学史价值。这种倾向在十年"文革"中被进一步放大，也进一步影响了经典的建构。

与此前新诗经典化时代有所不同，1980年代的诗歌在某种意义上说是解构经典和远离经典的时刻。在改革开放之初相当一段时间里，对于文学史包括新诗史中的某些"红色经典"的解构，成为一种不大不小的思潮。事实上，虽说"红色经典"中的政治意识强化不是文艺经典建构的最终标准，但是其中所包含的人格的崇高和伦理的正义是不能否认的。而崇高本身也是一种审美风尚，是一种昂扬向上自我牺牲的人性追求。渴望崇高是人类共有的一种人生追求，也是文艺作品中普遍存在的审美创造。当我们读到田间的《假如我们不去打仗》的诗句，很难不为之震撼和感染：

> 假如我们不去打仗，
>
> 敌人用刺刀　杀死了我们，

还要用手指着我们的骨头说：

看，

这是奴隶！

如果能够返回历史现场，在民族危亡全民抗战的时刻，这首诗的影响力可想而知。说到底，崇高美不是一种纯粹的审美形态，而是一种具有美善人格和正义伦理的道德境界。

在1980年代"朦胧诗"和新的政治抒情诗之后，新诗的经典化呈现出越来越弱的趋势。而有些诗人在解构经典的同时就发出去经典化的宣言，许多所谓的"白话诗""废话诗"借助网络充溢诗坛，不时引起社会的热议。进入新世纪之后，人们总是慨叹诗歌不再被社会关注，可是是否想到首先是诗歌不再关注社会的问题？当文艺创作不是将社会作为表达对象而尽情释放自我感觉的时候，是很难有经典出现的。因为经典形成的重要条件之一，就是作品对于当下社会的影响。

经典具有历史性，这种历史性既包括作品当下的影响，又包括对作品后天的历史阐释。从完整的意义讲，经典是历史自然形成的，又是被阐释建构起来的。完美的经典是先天存在和后天认同的双重认证，是时代精神和艺术审美的集中体现，是文学史构成的恒定内容，不仅要有当下的民族性和社会性，更要有普遍的人性意识和人

类意识。只有将这些意识融会贯通，经典才更具恒久性、广泛性。

经典的形成是需要时间的，是接受者和评价者不断理解、阐释而逐渐达成一致的过程。古典诗词经过了千百年来的淘洗、选择和阐释，特别是经过长期的文学教育，才构成了若干经典。如果将这些经典放置于漫长的中国诗歌历史长河中去评判和估算，在单位时间里所产生的经典并不算多。而中国新诗只有百年，已经产生了一些共识性很高的诗作，不仅进入文学史和中小学教科书，而且成为人们耳熟能详的句子。我们信手拈来的就有《教我如何不想她》《再别康桥》《雨巷》《风景》《我爱这土地》《回延安》《回答》《致橡树》《乡愁》等等。我曾经不止一次地设问：假如再经过一千年，中国新诗又会产生多少经典之作？到那时，将其与古典诗词相比较，人们是否还会坚持说新诗无经典呢？

（需要说明的是，我的学生，黑龙江大学文学院的王文静老师从头到尾参与了书稿的全部工作，付出了巨大的劳动，实质上属于本书的共同编写者。但限于丛书的统一要求，只能在此对王文静老师表示衷心的感谢和歉意。）

胡 适

胡适（1891—1962），原名胡洪骍，字适之，后改名胡适。安徽绩溪人。现代学者、诗人、历史学家、文学家、哲学家，因提倡文学革命而成为新文化运动的领袖之一。1917年，在《新青年》上发表文章《文学改良刍议》，提出文学改良八事，提倡白话文、反对文言文。1920年出版《尝试集》，被视为中国现代文学史上第一部白话诗集，在追求新诗的诗体解放和理念建设方面具有相当重要的文学史意义。1923年与徐志摩等组织新月社，1924年与陈西滢、王世杰等创办《现代评论》周刊。1928年后历任中国公学校长、北京大学文学院院长、北京大学校长。1948年离开北平，后转赴美国。代表诗作《一念》《蝴蝶》《梦与诗》等，主要著作《中国哲学史大纲》《尝试集》《胡适文存》等。

梦 与 诗 [1]

都是平常经验，
都是平常影象，

偶然涌到梦中来，

变幻出多少新奇花样！

都是平常感情，

都是平常言语，

偶然碰着个诗人，

变幻出多少新奇诗句！

醉过才知酒浓，

爱过才知情重；——

你不能做我的诗，

正如我不能做你的梦。

鉴 赏

　　胡适之于中国新诗，代表着一种开创性意义，他的《尝试集》作为中国首部白话文诗集，在中国现当代文学史上地位非凡。这首《梦与诗》是诗人1921年发表的一首白话新诗，全诗共三节，其中最后一节更为世人称道，缘于它映射了一种朦胧而明丽的爱的忧伤。由于诗歌最后两句，人们更容易将整首诗也带入爱情诗的解读之中。实际上，在这首诗发表之初，胡适在《自跋》中曾说道："这是我的'诗的经验主义'（Poetic empiricism）。简单一句话：做梦尚且要经验做底子，何况做诗？现在人的大毛病就在爱做没有经验做底子的诗。"这首《梦与诗》更符合其时胡适的新诗理念，正如他主张的文学"八事"：面对平常的经验和事物，诗人应该掌握一种营造诗歌意境的能力，强调经验对新诗创作的影响。其实，在诗人的创作视角来看，这是一首以诗论诗的新诗。其时，新诗正处于一种实验状态，它的前进的道路尚不明晰，胡适等白话新诗人也在实践中摸索着新诗的成长道路。诗歌的前两节直白地阐释"诗"与"梦"之间的关联，"醉过才知酒浓，爱过才知情重"正是胡适对前两节中强调经验主义的诗意显现。现在看来，《梦与诗》的流传更得益于最后一节，无论人们出于怎样的理解，其诗句的短促有力、清丽柔美，字里行间引起情感共鸣的效果，或许比它本身的"论诗"意义更具有广泛接受性。

刘半农

刘半农（1891—1934），原名寿彭，后名复，初字半侬，后改半农。江苏江阴人。中国新文化运动先驱，文学家、语言学家和教育家。1911年参加辛亥革命。1917年任职于北京大学法科，成为杂志《新青年》的主要撰稿人与编辑者之一，积极投身文学革命，反对文言文，提倡白话诗文。1920年赴英国、法国深造。1925年获法国国家文学博士学位，同年秋回国任北京大学国文系教授。1934年因感染"回归热"病逝世。代表诗作《相隔一层纸》《教我如何不想她》《情歌》等，著有诗集《扬鞭集》《瓦釜集》。

教我如何不想她 [1]

天上飘着些微云，
地上吹着些微风。
啊！
微风吹动了我头发，
教我如何不想她？

刘半农

月光恋爱着海洋，

海洋爱恋着月光。

啊！

这般蜜也似的银夜，

教我如何不想她？

水面落花慢慢流，

水底鱼儿慢慢游。

啊！

燕子你说些什么话？

教我如何不想她？

枯树在冷风里摇，

野火在暮色中烧。

啊！

西天还有些儿残霞，

教我如何不想她？

一九二〇，九,四，伦敦

注 释

〔1〕选自《新诗歌集》，商务印书馆 1928 年版。

鉴 赏

　　《教我如何不想她》是刘半农客居伦敦时创作的一首情诗，曾由赵元任谱曲成歌，在青年一代中广为传唱。刘半农作为中国白话新诗代表诗人之一，在新诗发展初期，以真切朴素的诗风，革新了诗歌的内容、语言和格律，推动了中国白话诗的发展进程。这首诗中使用"她"字作为第三人称是刘半农的首创，诗人爱慕和想念的"她"往往易被理解为一个具体的女子，全诗将坠入爱河中的青年对恋人绵长的思念表现得淋漓尽致。但结合此诗的创作背景来看，"她"更象征着客居他国的诗人深深思念与眷恋的祖国。全诗韵律的优美和谐，源于其遵循格律且不乏新诗的自由。整首诗的语言简单自然，每节的第三句、尾句相同，每一小节都以"教我如何不想她"的直白抒情结束，循环往复，有一咏三叹之美。此诗重在以情动人，触景生情和直抒胸臆相结合，既含蓄自然又真切动人，极易引起读者的强烈共鸣。而在抒情意象的选择上，风吹云动、月光与海洋相互映衬、落花浮动、鱼儿潜游以及暮色中残霞如野火般的燃烧，增添了全诗的古典韵味，生发出漂泊之人去国怀乡时的孤单和对亲人、对祖国的深深思念之情。现在看来，这首情诗尽管在语言上还稍显稚嫩和浅白，但是在白话诗初创之时的确是一次大胆的尝试，一次有益的实践与革新。

郭沫若

　　郭沫若（1892—1978），原名郭开贞，四川乐山人。中国现代著名文学家、历史学家、中国新诗奠基人之一。1914年赴日本九州帝国大学学医，开始诗歌创作。1919年"五四运动"爆发，在日本福冈发起组织救国团体夏社，投身新文化运动。1921年发表第一本新诗集《女神》，成为中国新诗的奠基之作。同年，与成仿吾、郁达夫等人一同创立"创造社"。1923年，从日本帝国大学毕业后归国，提倡无产阶级文学。新中国成立后，曾担任多个政府要职。1978年于北京逝世。代表诗作有《凤凰涅槃》《天狗》《炉中煤》《天上的街市》等，著有诗集《女神》《星空》《瓶》《前茅》《恢复》《蝴蝶集》《战声集》等。

天上的街市 [1]

远远的街灯明了，
好像闪着无数的明星。

天上的明星现了，
好像点着无数的街灯。

我想那缥渺的空中，
定然有美丽的街市。
街市上陈列的一些物品，
定然是世上没有的珍奇。

你看，那浅浅的天河，
定然是不甚宽广。
那隔河的牛郎织女，
定能够骑着牛儿来往。

我想他们此刻，
定然在天街闲游。
不信，请看那朵流星，
那怕是他们提着灯笼在走。

1921 年 10 月 24 日

　　〔1〕选自诗集《星空》，上海泰东图书局 1923 年版。

鉴 赏

　　诗人郭沫若在五四运动时期，以充满生命激情的喷张式的诗歌创作闻名于世，被视为中国新诗运动的奠基者之一。诗人在这一时期却也不乏恬淡清丽之作，收录于诗集《星空》的这首《天上的街市》正是郭沫若早期抒情诗的代表。这首诗创作于 1921 年诗人在日本留学期间，不同于《天狗》《凤凰涅槃》中强烈的情感宣泄和渴望毁旧立新、冲破枷锁的热烈情绪，这首诗中更多的是一份清新质朴，一份对自由的憧憬和对祖国的怀念之情。诗人将人间街灯的明与天上明星的亮相联系，使视角转向缀满明星的飘渺的星空，将读者引入诗人对天空中那美丽繁华的街市的想象之中：那里珍奇琳琅满目，神话中的牛郎织女骑着牛儿在浅浅的天河之间往来相会。在诗人笔下，牛郎织女颠覆了以往悲剧式的遥遥相望不得见，幻化为一幕美好的生活图景。诗人由人间的街市联想到天上的街市，以平和优美的意境的渲染，勾勒出一幅人间天上交相呼应的美好愿景。整首诗节奏舒缓，韵律和谐，意境优美又清新自然，在对天上的街市的美好想象与憧憬之外，也流露出诗人客居他国时的淡淡乡愁。这份淡淡的孤单背后，恰恰是诗人对祖国最真切的思念。

天　狗[1]

我是一条天狗呀！
我把月来吞了，
我把日来吞了，
我把一切的星球来吞了，
我把全宇宙来吞了。
我便是我了！

我是月的光，
我是日的光，
我是一切星球的光，
我是 X 光线的光。
我是全宇宙底 Energy 的总量！

我飞奔，
我狂叫，
我燃烧。

我如烈火一样地燃烧！

我如大海一样地狂叫！

我如电气一样地飞跑！

我飞跑，

我飞跑，

我飞跑，

我剥我的皮，

我食我的肉，

我吸我的血，

我啮我的心肝，

我在我神经上飞跑，

我在我脊髓上飞跑，

我在我脑筋上飞跑。

我便是我呀！

我的我要爆了！

1920 年 2 月初作

注 释

〔1〕选自《郭沫若抒情诗》，安徽文艺出版社 1997 年 9 月版。

鉴 赏

　　《天狗》作为诗人郭沫若"五四"时期的代表作之一，与同时期的另一首代表作《凤凰涅槃》相比，更能显现出诗人"狂飙突进"的诗歌风格。此诗写于 1920 年，收录于郭沫若第一部新诗集《女神》。诗人曾自评道："要从技巧的立场来说吧，或许《女神》以后的东西要高明一些，但像产生《女神》时代的那种火山爆发式的内发情感是没有了。"整首诗充斥着青春的躁动和生命的激情，这种灼热正如诗中的"天狗"使每一行诗都散发反抗的热量，反抗一切、吞噬一切、一切一切之后是旧的事物的消亡，新的事物呼之欲出。诗中呈现出的能量的饱和与爆发，始终在动、在破坏、在摧毁旧的秩序，以及对破旧立新的渴望，体现着《天狗》的精神实质。结合时代背景来看，《天狗》这种决绝的反抗精神与"五四"时期崇尚和强调的个性解放，带着打破一切规则和束缚的勇气和魄力以实现自我的价值。整首诗每一句都以"我"开头，从头至尾都要极力凸显强烈的自我意识，"我"作为吞噬一切的、万物的主宰，吞噬掉天地万物、宇宙之后，连自我的血肉、筋骨也要吞噬掉，显示了渴望挣脱一切束缚的魄力和理想。"我"最终完成并实现了真正的"自我"，因此在最后诗人写道："我便是我呀！／我的我要爆了！"《天狗》整体的诗感是热烈奔放的，它既是一种直白的情感宣泄，同时带有郭诗独特的浪漫主义气息。

徐志摩

徐志摩（1897—1931），原名章垿，字槱森，浙江海宁人。中国现代著名诗人、散文家、新月派代表诗人之一。1921 年春，赴英国剑桥大学学习。同年开始诗歌创作，受西方文学思潮的影响较深。1923 年在北京参与组织文学团体"新月社"，加入文学研究会。1924 年，与胡适、陈西滢等创办《现代评论》周刊，1925 年出版诗集《志摩的诗》。1926 年主编《晨报副刊·诗镌》，与闻一多、朱湘等人倡导新诗格律化运动。1928 年创办《新月》月刊，时任总编辑。1931 年与陈梦家等人创办《诗刊》季刊，同年 11 月，因飞机失事身亡。代表诗作是《再别康桥》《沙扬娜拉（赠日本女郎）》《雪花的快乐》等，著有诗集《志摩的诗》《翡冷翠的一夜》《猛虎集》《云游集》。

再别康桥 [1]

轻轻的我走了，

　　正如我轻轻的来；

我轻轻的招手，
　　作别西天的云彩。

那河畔的金柳，
　　是夕阳中的新娘；
波光里的艳影，
　　在我的心头荡漾。

软泥上的青荇，
　　油油的在水底招摇；
在康河的柔波里，
　　我甘心做一条水草！

那榆荫下的一潭，
　　不是清泉，是天上虹
揉碎在浮藻间，
　　沉淀着彩虹似的梦。

寻梦？撑一支长篙，
　　向青草更青处漫溯，

徐
志
摩

满载一船星辉，

　　在星辉斑斓里放歌。

但我不能放歌，

　　悄悄是别离的笙箫；

夏虫也为我沉默，

　　沉默是今晚的康桥！

悄悄的我走了，

　　正如我悄悄的来；

我挥一挥衣袖，

　　不带走一片云彩。

　　　　　　　　11 月 6 日，中国海上

　　〔1〕选自《猛虎集》，上海新月书店 1931 年版。

　　新月派代表诗人徐志摩最脍炙人口的诗歌名篇当属《再别康

桥》。这首写景抒情诗创作于诗人第三次欧游归国途中，记录了他重返康桥时内心的欢喜、留恋与感伤。在诗人眼中，康河之美是如新娘般娇媚的河畔金柳，是油油地招摇着的水底青荇，是沉淀着彩虹似的梦的拜伦潭……今夜的康桥因再一次的分别显得分外美丽，诗人留恋康河的柔波，留恋曾在此地留学寻梦的少年时代。但一切对昨日的回溯终归于今夜别离的沉默，诗人不忍打扰康河的宁静，尽管从始至终都以轻柔的脚步、惆怅的叹息和轻轻的挥手与它道别，却处处流露出诗人对康桥难舍的深情，对往昔时光的真切眷恋。《再别康桥》不仅美在真情，更美在形式，它蕴含着徐志摩推崇的新月派对诗歌"三美"（音乐美、绘画美、建筑美）的文学主张，尤其凸显了诗歌的音乐美。全诗七节，每节四行，首节与尾节遥相呼应，循环往复，形成复沓循环之美。整首诗讲求押韵而不拘一格，每节或两顿或三顿，优美自然而又抑扬顿挫，"轻轻""悄悄"等大量叠词的使用增强了诗歌诵读时的节奏感。语言清新自然，意象的选用也极具色彩感和画面感，另赋诗歌一番柔情。因此，读者在惆怅与感伤的情绪之外，也能感受到诗人乐观的天性以及对自由、理想和美的无限渴盼和追寻。

偶　然 [1]

我是天空里的一片云，

偶尔投影在你的波心——

你不必讶异，

更无须欢喜——

在转瞬间消灭了踪影。

你我相逢在黑夜的海上，

你有你的，我有我的，方向；

你记得也好，

最好你忘掉，

在这交会时互放的光亮！

1926.5

注 释

〔1〕初载《晨报副刊·诗镌》1926 年第 9 号。

鉴赏

　　《偶然》是徐志摩与陆小曼合写的剧本《卞昆冈》第五幕中老瞎子弹三弦时唱的歌词。诗人卞之琳称其是徐志摩所作诗中在形式上最完美的一首。《偶然》呈现出明显的欧化诗风，与其他几首诗一起，奠定了徐志摩后期的诗歌创作风格。徐志摩在《偶然》中一反相遇与缘分之间的常规联想，强调个体生命之间交错的偶然与分离的必然。有人称其为简单的爱情诗，说它是为林徽因而作，祭奠那份苦苦追求却终未能得的真挚爱情。但突破爱情诗解读的桎梏，《偶然》所蕴含的哲理似乎更值得回味。你我的相逢不过是云与影的无心投射，不过是黑夜海上交会时短暂的光亮，相逢只一瞬，相逢即偶然。诗人纯真的浪漫、对美的热切渴求在这首诗中化作沉静而清醒的生命哲学：生命中的那些交错与分别，都是人与人之间凑巧的藤葛，不必因相遇而欣喜，亦无须因分离而伤悲。徐志摩以劝慰似的口吻抒情，以"不必讶异""无须欢喜""你有你的""我有我的"拉伸出一种强烈的个体生命间的距离感和孤独感，这使全诗暗藏一股情感的外推力，将生命相逢瞬间产生的情绪能量阻隔在情感之外。然而真正的偶然从来无须被提起，一句"你记得也好，最好你忘掉"看似是对情感的释然，却也恰恰暴露了诗人对那"投影"与"光亮"的想忘而终不能忘。

闻一多

闻一多（1899—1946），原名闻家骅，字友三，湖北浠水人。中国现代坚定的民主战士、著名学者、新月派代表诗人之一。提出"三美"诗歌主张，是新格律诗派的理论奠基人和实践者。1912年考入北京清华留美预备校，在学期间曾任《清华周刊》等刊编辑，参加过五四运动并开始发表诗文。1921年与梁实秋等创建清华文学社，次年赴美深造。1923年9月出版第一部诗集《红烛》，奠定了他在新诗坛上的地位。1925年回国任北京艺术专科学校教务长，参与编辑《晨报副刊·诗镌》。1928年与徐志摩、梁实秋等人创办《新月》月刊。抗日战争爆发后，迁往昆明西南联大任教，积极投身抗日民主运动。1946年7月15日被国民党特务暗杀。代表诗作是《死水》《祈祷》《太阳吟》等，著有诗集《红烛》《死水》。

死　水 [1]

这是一沟绝望的死水，
清风吹不起半点漪沦。
不如多扔些破铜烂铁，

爽性泼你的剩菜残羹。

也许铜的要绿成翡翠，
铁罐上锈出几瓣桃花；
再让油腻织一层罗绮，
霉菌给他蒸出些云霞。

让死水酵成一沟绿酒，
漂满了珍珠似的白沫；
小珠们笑声变成大珠，
又被偷酒的花蚊咬破。

那么一沟绝望的死水，
也就夸得上几分鲜明。
如果青蛙耐不住寂寞，
又算死水叫出了歌声。

这是一沟绝望的死水，
这里断不是美的所在，
不如让给丑恶来开垦，
看他造出个什么世界。

1925 年 4 月

注 释

〔1〕原载《晨报副刊·诗镌》1926 年 4 月 15 日第 3 号。

鉴 赏

　　现在看来,《死水》这首诗的意义,更大程度上在于它是闻一多践行其"三美"新格律诗的一次"最满意的实验"。所谓"三美"指的是诗歌应呈现音乐美、绘画美和建筑美。从整体上看,《死水》全诗共五节,每节四行,每行九字,达到了结构上的均匀和整齐。诗人在这首诗中每行采用三个"双音组"和一个"三音组",以双音节结尾的协调形成了和谐的韵律和节奏,使全诗流动着极强的音乐般的美感。诗人在辞藻的选用上极尽优美且富有色彩,用"翡翠""桃花""罗绮""云霞"等色彩鲜艳的美的意象,去刻画丑恶污秽到极致的"死水",美与丑形成强烈的色彩冲击和视觉反差,使诗歌呈现出一种独特的视觉效果。这种以美喻丑的方式不仅践行了诗人自己的美学主张,同时也给读者带来强烈的视觉震撼。"死水"在这首诗中被闻一多赋予了更深层次的含义:象征着灾难深重的中国。连清风都无法吹起半点涟漪的这"一沟绝望的死水"正代表了黑暗腐败的旧中国,在外敌的践踏蹂躏中满目疮痍。在对"死水"的丑恶与污秽的极致"美化"的背后,是诗人对祖国深深的忧思,将丑刻画到极致,是渴盼旧的彻底毁灭和真正的美的诞生,诗人强烈的爱国情怀不言自明。

穆木天

穆木天（1900—1971），原名穆敬熙，吉林伊通人。中国现代诗人、翻译家，中国象征派代表诗人。1918年毕业于南开中学。1920年入日本京都第三高等学校文科，同年在《新潮》第3卷第1期发表处女作《蔷薇花》。1921年加入创造社。1923年考入东京大学攻读法国文学，受法国象征派诗歌影响。1926年毕业于日本东京大学。回国后曾任中山大学、吉林省立大学教授。1931年在上海参加左联，并参与成立中国诗歌会。1933年创办《新诗歌》旬刊，倡导现实主义的创作方法和诗歌大众化。1938年后辗转于多个高校从事教学工作。1952年加入中国作家协会。1957年被错划为"右派"。代表诗作有《落花》《苍白的钟声》等，著有诗集《旅心》《流亡者之歌》《新的旅途》等。

落　花 [1]

我愿透着寂静的朦胧　薄淡的浮纱

细听着淅淅的细雨寂寂的在檐上激打

遥对着远远吹来的空虚中的嘘叹的声音

意识着一片一片的坠下的轻轻的白色的落花

落花掩住了藓苔　幽径　石块　沉沙

落花吹送来白色的幽梦到寂静的人家

落花倚着细雨的纤纤的柔腕虚虚的落下

落花印在我们唇上接吻的余香　啊　不要惊醒了她

啊　不要惊醒了她　不要惊醒了落花

任她孤独的飘荡　飘荡　飘荡　飘荡在

我们的心头　眼里　歌唱着　到处是人生的故家

啊　到底哪里是人生的故家　啊　寂寂的听着落花

妹妹　你愿意罢　我们永久的透着朦胧的浮纱

细细的深尝着白色的落花深深的坠下

你弱弱的倾依着我的胳膊　细细的听歌唱着她

"不要忘了山巅　水涯　到处是你们的故乡

到处你们是落花。"

一九二五年六月九日

注 释

〔1〕选自《旅心》，创造社出版部 1927 年版。

鉴 赏

现代诗人穆木天虽入创造社，其诗风却是偏向象征派的。象征派诗歌讲究暗示，通过暗示来展现人内心世界的隐秘。在《落花》一诗中，穆木天借助"落花"作为传达诗人内心深秘情感的意象，柔情款款地轻诉着蜜一般的恋情，纯净美好的白色落花正如简单的爱情般纯真，带着朦胧的质感。然而，诗中一声声地问："到底哪里是人生的故家"，却使这美好的落花又沾染上尘世漂泊的哀叹，人生是否恰如这落花，在尘世中虚虚地飘荡、寂寂地落下，也罢，处处落花处处家。诗人注重声音和色彩的搭配，雨落屋檐的有声衬着落花徐徐落下的无声，更显现出氛围的寂寥。一片片白色的落花和着薄淡的浮纱，通透的世界里编织一个"白色的幽梦"，白色遂成为全诗的主色调。这首《落花》很符合诗人对诗是"在形式方面上说——一个有统一性有持续性的时空间的律动"的理念。整首诗富有音乐性和节奏感，这与诗人多次使用诸如"渐渐""远远""轻轻""纤纤""虚虚"等叠词密切相关。在情感节奏上，诗人也在情绪的把控中体现出节奏的控制，情绪由低渐高再至于平缓，错落有致，近于精妙。

冰 心

冰心（1900—1999），原名谢婉莹，福建长乐人。中国现代著名散文家、小说家、诗人、儿童文学家、翻译家，文学研究会重要成员。"五四"时期，开始以写"问题小说"引人注目。1923年出版的诗集《繁星》《春水》开五四运动以后小诗的先河，在诗坛影响很大。翻译出版《飞鸟集》《吉檀迦利》等多部印度诗人泰戈尔的诗集，诗风颇受其影响。新中国成立后，曾任中国文联副主席等职。1999年在北京逝世，被称为"世纪老人"。诗风恬淡柔和，多以母爱、童真、自然为诗歌主题。代表诗作《纸船——寄母亲》等。

春 水 [1]

一〇五

造物者——
倘若在永久的生命中
只容有一极乐的应许。

我要至诚地求着：

"我在母亲的怀里，

母亲在小舟里，

小舟在月明的大海里。"

1923 年

注 释

〔1〕《春水》最初于 1922 年 3 月至 5 月陆续发表在《晨报副刊》上，后
结集由春潮社于 1923 年 5 月出版。

鉴 赏

冰心诗集《繁星》《春水》中的诗歌创作，很大程度上受到印
度诗人泰戈尔《飞鸟集》的影响，呈现出哲理小诗的独特韵味。整
体而言，母爱、童心和自然是冰心小诗的核心主题，她的小诗于脉
脉温情之中，浸透着诗人的哲理思考。节选自《春水》的这首小诗，
正集中表现出了诗人的这一"爱的哲学"。在这首小诗中，从前半
部分对"造物主"至诚祈求永久生命中的一次"极乐"，不难发现
诗人将基督教和佛教思想相融合，增添了小诗本身的神圣感与神秘
色彩。诗人紧接着以孩童的视角展开了一个纯真美好的心愿：祈愿

能够依偎在母亲的怀抱，在明月高悬大海之上的一叶扁舟之中，并将此视为生命中最珍视的"极乐"。"我"—"母亲"—"小舟"—"月明的大海"，画面由小渐大，层层推进，一个祈愿者的孩童形象跃然纸上，一种恬淡、令人心驰神往的宁静与美好，被诗人渲染得恰到好处。诗人在展现纯真的童心、表露对母爱的呼唤与渴求的同时，也表达了对恬静的自然的渴慕。小诗凝练却不乏韵味，淡雅之中犹见深沉的特点，在此诗中就显现得极为分明了。

李金发

李金发（1900—1976），原名李淑良，广东梅县人。中国现代著名诗人，现代象征诗派开山鼻祖。早年就读于香港圣约瑟中学，后至上海进入南洋中学留法预备班，1919年赴法国勤工俭学，1921年就读于第戎美术专门学校和巴黎国立美术学院。他深受法国象征派诗歌的影响，1923年，编定诗集《微雨》和《食客与凶年》，因诗风"怪异"一度被称为"诗怪"，其诗作被周作人誉为"国内所无，别开生面"。1925年，加入文学研究会，为《小说月报》和《新女性》撰稿。1926年创办《美育杂志》，介绍西方美学思潮。1928年任教于国立西湖艺术院，1936年任广州市立美术学校校长。1945年移居美国。代表诗作是《弃妇》《温柔》《有感》等，著有诗集《微雨》《为幸福而歌》《食客与凶年》《古希腊恋歌》等，诗文集《异国情调》《飘零闲笔》等。

弃　妇 [1]

长发披遍我两眼之前，

遂隔断了一切羞恶之疾视，

与鲜血之急流，枯骨之沉睡。

黑夜与蚊虫联步徐来，

越此短墙之角，

狂呼在我清白之耳后，

如荒野狂风怒号：

战栗了无数游牧。

靠一根草儿，与上帝之灵往返在空谷里。

我的哀戚唯游蜂之脑能深印着；

或与山泉长泻在悬崖，

然后随红叶而俱去。

弃妇之隐忧堆积在动作上，

夕阳之火不能把时间之烦闷

化成灰烬，从烟突里飞去，

长染在游鸦之羽，

将同栖止于海啸之石上，

静听舟子之歌。

衰老的裙裾发出哀吟，

徜徉在丘墓之侧，

永无热泪，

点滴在草地，

为世界之装饰。

注 释

〔1〕最初收录于《微雨》，北新书局 1925 年版。

鉴 赏

　　《弃妇》创作于 20 世纪 20 年代初诗人留学法国期间，作为其首部诗集《微雨》的首篇，它的意象怪诞而阴森，气氛沉郁而诡谲。朱自清评李诗时曾说："他的诗没有寻常的章法，一部分一部分可以懂，合起来却没有意思。他要表现的不是意思而是感觉或情感；仿佛大大小小红红绿绿一串珠子，他却藏起那串儿，你得自己穿着瞧。"作为一个具体的意象，"弃妇"本身充满了质感和画面感，前两节以一个长发遮目、形容枯槁、哀戚诡异的女人的登场，首先给读者带来强烈又可怖的形象冲击。其后伴随"弃妇"的一系列动作，她的哀戚的倾吐、烦忧的飞逝、哀吟中的徘徊，暗示了"弃妇"的愁苦与烦闷。而从整体上看，"弃妇"又是一个抽象的形象，犹如一团浓雾，破碎繁杂的意象拼合成对其完整情绪的呈现，她在某种程度上映射了其时诗人内心深处的孤寂情绪。在 20 世纪 20 年代的中国新诗坛，这种隐喻、暗示及联想等诗歌创作的"新潮"手法，以及对常规新诗内容与逻辑联系的疏离，形成了李金发独特的诗歌风格，这与法国象征派诗歌对他的影响密不可分。当然，除欧化语言及象征手法的运用之外，《弃妇》作为一首白话新诗尚未完全摆脱中国古典文言的影子，因此读来仍不失中国古典味道。

汪静之

　　汪静之（1902—1996），安徽绩溪人。中国现代诗人、作家。1921 年考入浙江省第一师范学校，同年与潘漠华发起"晨光社"。1922 年与潘漠华、应修人、冯雪峰等组织了中国现代文学史上最早的新诗社团——湖畔诗社。1922 年出版诗集《蕙的风》，引起巨大反响。1926 年任教于芜湖一所中学，1927年任《革命军报》和《劳工月刊》编辑，1928 年后担任中学语文教员及中文系教授。1952 年调入北京人民文学出版社古典文学编辑室任编辑，1955 年调入中国作协。代表诗作《蕙的风》《伊底眼》《天亮之前》等，著有诗集《蕙的风》。

伊 底 眼 [1]

伊底眼是温暖的太阳；
不然，何以伊一望着我，
我受了冻的心就热了呢？

伊底眼是解结的剪刀；

不然，何以伊一瞧着我，

我被镣铐的灵魂就自由了呢？

伊底眼是快乐的钥匙；

不然，何以伊一瞅着我，

我就住在乐园里了呢？

伊底眼变成忧愁的引火线了；

不然，何以伊一盯着我，

我就沉溺在愁海里了呢？

一九二二年六月四日

注 释

〔1〕选自《中国新文学大系·诗集》，上海良友图书印刷公司 1935 年版。

鉴 赏

20 世纪 20 年代的新诗社团——"湖畔诗社"，素来带着"真正专心致志做情诗"的评价烙印，诗人汪静之便是其中一员。这首

《伊底眼》或许未能充分展露湖畔诗派的唯美浪漫主义气质，却足以呈现汪静之自身的"一味天真的稚气"（朱自清语）。诗人描摹了恋爱中青年的喃喃自语以及心理活动，并以连续四个自问自答的方式展现情感的起伏。节尾以四个反问句达成肯定句的效果，连连反问恰恰将恋爱中情绪的波动、犹疑展露无遗。汪静之精于捕捉情感细微的变化，五四运动前后，"伊"特指代女性，诗人将"伊底眼"喻为融化"我"心的暖阳、解放"我"灵魂镣铐的剪刀、开启乐园的钥匙，"伊底眼"遂成为"伊"的具象，牵引着"我"的喜悲。愁肠百转，从甜蜜羞涩的"喜悦"急坠入"愁海"，"伊"与"我"之间的阻隔感不言而喻。"伊"是"我"无法触及的，只能通过"伊底眼"的"望""瞧""瞅""盯"的细节，揣摩"伊"对我的情感，不免又引起"我"的忧愁。全诗四小节采用相同的句式结构，第二节只变换一个动词，在节奏上产生复沓回环的韵律效果。当然，作为早期现代白话诗，《伊底眼》同样带有语言直白浅显的特点；同时，拘泥于个人情感的表露也不免造成了其意义及价值的局限性。

林徽因

　　林徽因（1904—1955），原名林徽音，福建闽侯人。中国现代著名建筑师、作家、新月派代表女诗人。1920年随父到伦敦读书，游历欧洲。1921年回国。1923年参与北京新月社活动。次年赴美攻读建筑学和戏剧舞台布景。30年代曾在东北、北平、四川和昆明等地大学任教，从事中国古代建筑研究。新中国成立后任清华大学建筑系教授。1931年开始发表诗歌作品，诗风前期恬静婉约，后期苍凉惆怅。代表诗作有《你是人间四月天》《别丢掉》《深笑》等，著有《林徽因诗集》。

别 丢 掉 [1]

别丢掉
这一把过往的热情，
现在流水似的，
轻轻
在幽冷的山泉底，

在黑夜　在松林，

叹息似的渺茫，

你仍要保存着那真！

一样是月明，

一样是隔山灯火，

满天的星，

只使人不见，

梦似的挂起，

你问黑夜要回

那一句话——你仍得相信

山谷中留着

有那回音！

二十一年夏

注　释

〔1〕原载《大公报·文艺副刊》1936年3月15日第110期。

鉴　赏

　　《别丢掉》是民国才女林徽因为悼念挚友徐志摩遇难一周年而

作。1931 年，徐志摩因从上海赶往北京参加林徽因的演讲会，所乘飞机在白马山撞毁不幸遇难。二人之间曾经的情感纠葛和多年深厚的情意使林徽因在徐志摩逝世一年后仍难掩内心的悲痛，不忍更不愿相信徐志摩的离去。而这份对旧友的怀念并未明晰透彻地言说，诗人将自己与徐志摩的过往回忆和对其人的怀念之情融入全诗，情绪点到即止，显而不透，全诗萦绕着一种隐晦、耐人寻味的朦胧之美。《别丢掉》短小简洁，语言清丽柔和，诗人以流水的轻，山泉、黑夜和松林的阴冷，勾勒出徐志摩所乘飞机坠毁时的凄惨场景，也渲染出全诗幽静清冷的意境和悲凉伤感的基调。细细品读全诗，那一句轻轻地"别丢掉"既是对旧友的深深怀念，也是诗人对自己依然无法面对徐志摩已然亡故的自我劝慰。尽管诗中只出现一个人称"你"，但其两次出现所指称的对象却发生了转换：第八行的"你"指的是徐志摩，诗人怀念那个怀揣着过往热情的徐志摩，尽管现在只剩下深幽冰冷的黑夜松林间渺茫的叹息，仍希望他保存着那份"真"，别丢掉。第十四行的"你"则是诗人在安慰自己，尽管明月星火依旧，尽管一切如梦，但故友已逝，唯有那曾经的过往和真挚的情感，别丢掉。

朱 湘

朱湘（1904—1933），字子沅，安徽太湖人，生于湖南沅陵，现代诗人、散文家、教育家。1919 年考入清华学校学习，期间开始新诗写作，1924 年加入文学研究会，1925 年出版第一本诗集《夏天》。1926 年自办刊物《新文》，只刊载自己创作的诗文及翻译的诗歌，因经济拮据，只发行了两期。同年参与闻一多、徐志摩创办的《晨报副刊·诗镌》工作。1927 年第二本诗集《草莽》出版。1927 年至 1929 年留学美国。回国后曾任教于国立安徽大学（现安徽师范大学）外文系。1933 年 12 月 5 日，在从上海到南京的客轮上，自杀身亡。代表诗作是《采莲曲》《王娇》《葬我》等，著有诗集《草莽》《夏天》《石门集》《永言集》，评论集《文学闲谈》等。

采 莲 曲 [1]

小船呀轻飘，
杨柳呀风里颠摇；

荷叶呀翠盖，
荷花呀人样娇娆。
日落，
微波，
金丝闪动过小河。
左行，
右撑，
莲舟上扬起歌声。

菡萏呀半开，
蜂蝶呀不许轻来；
绿水呀相伴，
清净呀不染尘埃。
溪间，
采莲，
水珠滑走过荷钱。
拍紧，
拍轻，
桨声应答着歌声。

藕心呀丝长，

羞涩呀水底深藏：

不见呀蚕茧，

丝多呀蛹裹中央？

溪头，

采藕，

女郎要采又夷犹。

波沉，

波升，

波上抑扬着歌声。

莲蓬呀子多，

两岸呀榴树婆娑；

喜鹊呀喧噪，

榴花呀落上新罗。

溪中，

采蓬，

耳鬓边晕着微红。

风定，

风生，

风飔荡漾着歌声。

升了呀月钩，

明了呀织女牵牛；

薄雾呀拂水，

凉风呀飘去莲舟。

花芳，

衣香，

消溶入一片苍茫；

时静，

时闻，

虚空里袅着歌音。

一九二五年十月二十四日

注 释

〔1〕选自《草莽集》，开明书店 1927 年版。

鉴 赏

　　新月派诗人朱湘是善于融汇古典诗词的艺术情境、同时于其中投掷自己的"纯粹"新诗理念的。此首《采莲曲》在浓郁的古典意境中，通体自带着节奏的轻快。诗人讲求诗歌的韵律，六小节对照工整的诗句结构出整首诗形式的均齐，每一节前四句都嵌入"呀"字带来自然的停顿，既贴合民间的口语形式，也使诗歌自带天然的韵律。女子于溪间采莲，本不是作诗的新题，中国古典诗词中已有"采莲南塘秋，莲花过人头。低头弄莲子，莲子清如水"（南乐府民歌《西洲曲》）等，所写正是女子寄情于"莲"以喻"恋"情。同喻而不同形，朱湘对女郎采莲之景的描绘，联动声、景、情，将声色渲染于古典意境之中。日落远景下，一叶轻舟伴歌而来，随即聚焦于舟上的女郎，那随波而沉而升、随风而生而定的，是女郎那羞涩的、不肯倾吐的心事。日落月出，小舟远去，空留一片虚静，动静结合，留给读者足够的遐想空间。同时，诗人关注诗歌的"绘画美"，注重画面色彩的点缀，带来人游画中而又自成一画的效果。诗人以时间为线索，动静结合，将女郎采莲的过程描摹得清雅动人，对女子轻舟采莲时的心理状态把握得细腻而精致，既保留了诗歌"含而不露"的古典美，也凸显出新诗表现形式的别样效果。

冯至

冯至（1905—1993），原名冯承植，河北涿县人。中国现代著名诗人、作家和翻译家，曾被鲁迅誉为"中国最为杰出的抒情诗人"。早年就读于北京大学。1923年参与创立"浅草社"，并在其季刊上发表诗歌、散文。1925年参与创立"沉钟社"，参与出版《沉钟》周刊、半月刊和丛刊。1930年到1935年在德国攻读文学和哲学，深受诗人里尔克的影响，回国后先后于多所高校任教。新中国成立后，曾任北京大学西语系主任、中国社会科学院外国文学研究所所长等职。代表诗作是《我是一条小河》《蛇》《南方的夜》等，著有诗集《昨日之歌》《北游及其他》《十四行诗》《西郊集》《十年诗抄》等，译作《海涅诗选》《德国，一个冬天的童话》等。

我是一条小河 [1]

我是一条小河，
我无心由你的身边绕过——

你无心把你彩霞般的影儿
投入了我软软的柔波。

我流过一座森林——
柔波便荡荡地
把那些碧翠的叶影儿
裁剪成你的裙裳。

我流过一座花丛——
柔波便粼粼地
把那些凄艳的花影儿
编织成你的花冠。

无奈呀，我终于流入了，
流入那无情的大海——
海上的风又厉，浪又狂，
吹折了花冠，击碎了裙裳！

我也随了海潮漂漾，
漂漾到无边的地方——

你那彩霞般的影儿

竟也同幻散了的彩霞一样！

1925 年

注 释

〔1〕选自《昨日之歌》，北新书局 1927 年版。

鉴 赏

　　冯至被鲁迅称为"中国最为杰出的抒情诗人"，《我是一条小河》堪称其抒情诗的代表。作为中国现代抒情诗经典，《我是一条小河》是一首纯粹的爱情诗。不同于单纯的对甜蜜爱情的颂咏，冯至的情诗罕见热烈喷涌的高涨情绪，却更多浸透着几分理性、几分沉静的思考。诗歌前三节就描绘出青年男女间看似无心实则有意的情愫暗生，将爱恋中的抒情主人公喻为缓缓流淌的小河，以软软的柔波比作男子的一腔柔情，时刻挂念着心上人"彩霞般的影儿"，渴望为她献上碧翠的裙裳和多彩的花冠。无论是描绘对自由爱情的向往，抑或是两情相悦心心相印的情愫，炙热的爱情被诗人收束放缓，如小河流水一般波澜不惊地静静流淌，显得极为沉静恬淡。第四节蜜般的柔情眷恋之感戛然而止——无情的海风吹折了花冠，狂暴的海

浪击碎了裙裳，就连心上人"彩霞般的影儿"也随之涣散。甜蜜的爱情之梦被现实击碎，使读者从美好的两情相悦的爱恋情愫顿入暴风骤雨的摧残狂虐之中，产生了情节上的转折和情绪上的落差。冯至在这首诗中既表现了对现代青年男女能够自由恋爱的希冀和憧憬，也展现了无情摧毁这一美好向往的封建礼教和守旧势力的无形枷锁。整首诗节奏舒缓，起伏有致，自由而不失约束，浓烈的色彩和恬淡的情感相得益彰，沉淀出一份感伤、一抹淡淡的悲剧色彩。

臧克家

臧克家（1905—2004），山东诸城人。中国现代著名诗人、爱国主义者。1930 年至 1934 年读书期间开始发表诗作。1933 年夏，出版诗集《烙印》，获得诗坛好评。1934 年出版诗集《罪恶的黑手》，随后陆续出版诗集《运河》和长诗《自己的写照》。抗战爆发后，参加革命，著有诗集《从军行》《泥淖集》。1942 年参加中华全国文艺界抗敌协会，著有诗集《泥土的歌》《呜咽的云烟》和长诗《古树的花朵》《淮上吟》。1946 年到上海，主编《文讯》月刊，著有诗集《宝贝儿》《生命的零度》《冬天》等。新中国成立后，著有诗集《一颗新星》《春风集》《凯旋》《欢呼集》《李大钊》《落照红》《臧克家诗选》等。代表诗作有《老马》《答客问》《有的人》等，被誉为"农民诗人"。

老　马 [1]

总得叫大车装个够，

他横竖不说一句话，

背上的压力往肉里扣，
它把头沉重地垂下！

这刻不知道下刻的命，
它有泪只往心里咽，
眼里飘来一道鞭影，
它抬起头望望前面。

1932 年 4 月

注 释

〔1〕选自《烙印》，开明书店 1933 年版。

鉴 赏

　　在中国现当代诗坛中，诗歌创作总是能与最广大的农民和最底层的贫苦民众在精神上相契合的，当属诗人臧克家。臧克家的诗歌严峻有力，源于他将诗歌视为反映社会现实的利器的诗歌主张。他认为诗歌不应该仅仅吟咏风花雪月，而应该是现实主义的，能够揭示社会疾苦和底层人民悲惨的生存状态。《老马》是臧克家早期代表诗作之一，全诗两节，共八句，语言质朴直白，情感内敛深沉。

诗人在目睹一匹悲惨生存苦苦挣扎的老马时，内心涌起一种同情而又沉重的情绪，由此便有了《老马》这首诗的创作。整首诗刻画了一匹任劳任怨的老马，身压重负却从不抱怨，面对重压只"把头沉重地垂下"，对不时落下的皮鞭只能抱以隐忍。臧克家对旧中国农村和农民的熟悉，使这首诗自然而然地与旧中国农民被压迫的生存状态联系在一起，呈现出浓厚的象征意味。在这匹老马的身上，臧克家似乎也看到了自己的身影，全诗沉重悲凉的气氛也正是诗人内心愤懑情绪的真实写照。当然，在刻画老马默默承受一切生存苦难的形象的同时，诗人也被它坚忍不屈、顽强奋进的精神所鼓舞。因此，即使对未知命运充满恐惧与无奈，在诗的最后，诗人还是用"它抬起头望望前面"使《老马》保留了一份对新的、光明的世界的期待。

有 的 人 [1]

——纪念鲁迅有感

有的人活着
他已经死了；
有的人死了
他还活着。

有的人
骑在人民头上："呵，我多伟大！"
有的人
俯下身子给人民当牛马。

有的人
把名字刻在石头上想"不朽"；
有的人
情愿作野草，等着地下的火烧。

有的人
他活着别人就不能活；
有的人
他活着为了多数人更好地活。

骑在人民头上的，
人民把他摔倒；
给人民作牛马的，
人民永远记住他！

把名字刻在石头上的，

名字比尸首烂得更早；

只要春风吹到的地方，

到处是青青的野草。

他活着别人就不能活的人，

他的下场可以看到；

他活着为了多数人更好地活着的人，

群众把他抬举得很高，很高。

1949 年 11 月 1 日于北京

注 释

〔1〕选自《臧克家诗选》，作家出版社 1954 年版。

鉴 赏

　　《有的人》是新中国成立后诗人臧克家的一首代表作，创作于 1949 年 11 月 1 日。1949 年 10 月 19 日是中国现代文坛巨匠、思想家和革命家鲁迅先生逝世 13 周年纪念日，全国各地纷纷开展纪

念活动。臧克家在参观鲁迅故居之后，创作了这首家喻户晓的纪念诗歌。《有的人》长久以来入选中学语文教材，大多数中国读者也是在中学时期了解到这首诗的；不仅如此，在收录臧克家的当代诗选中，《有的人》是入选率最高的一首，它是中国当代新诗的经典之一。此诗延续了臧克家一贯的朴实的诗歌风格，语言朴素而简洁，便于诵读。臧克家在这首诗中运用对比的手法，立意非常明晰。诗人表明了一种坚定的立场，即赞颂为更多人能够幸福生活甘愿俯身为人民当牛做马的人，抨击那些骑在人民头上作威作福的人，映衬了鲁迅先生的著名诗句："横眉冷对千夫指，俯首甘为孺子牛。"实际上，这首诗在赞誉鲁迅先生的战斗精神的同时，有更深层的赞誉，赞誉那些为新中国、为广大人民谋福祉甚至勇敢献身的战士们。

戴望舒

戴望舒（1905—1950），浙江杭县人。中国现代著名诗人、翻译家、现代派象征主义诗人。1923年赴上海求学。1926年与施蛰存等人合编旬刊《璎珞》，开始发表诗歌。1929年出版诗集《我的记忆》，包含名作《雨巷》，又被称为"雨巷诗人"。1930年加入"左联"。1932年夏，参与编辑杂志《现代》，同年赴法国留学。1933年出版诗集《望舒草》。1935年回国，次年参与创办《新诗》月刊。1937年出版诗全集《望舒诗稿》。抗战爆发后到香港，主编《星岛日报》副刊《星座》和英文刊物《中国作家》等。1941年香港沦陷，因抗日罪名被捕，于狱中写下名诗《我用残损的手掌》。1948年出版诗集《灾难的岁月》，两年后于北京病逝。

雨　巷 [1]

撑着油纸伞，独自
彷徨在悠长，悠长，

又寂寥的雨巷，
我希望逢着
一个丁香一样地
结着愁怨的姑娘。

她是有
丁香一样的颜色，
丁香一样的芬芳，
丁香一样的忧愁，
在雨中哀怨，
哀怨又彷徨。

她彷徨在这寂寥的雨巷，
撑着油纸伞
像我一样，
像我一样地
默默彳亍着，
冷漠，凄清，又惆怅。

她默默地走近

走近，又投出
太息一般的眼光，
她飘过
像梦一般地，
像梦一般地凄婉迷茫。

像梦中飘过
一枝丁香地，
我身旁飘过这女郎；
她默默地远了，远了，
到了颓圮的篱墙，
走尽这雨巷。

在雨的哀曲里，
消了她的颜色，
散了她的芬芳，
消散了，甚至她的
太息般的眼光，
她丁香般的惆怅。

撑着油纸伞，独自

彷徨在悠长，悠长

又寂寥的雨巷，

我希望飘过

一个丁香一样地

结着愁怨的姑娘。

注 释

〔1〕原载《小说月报》1928 年 8 月第 19 卷第 8 号。

鉴 赏

因《雨巷》这篇成名作，戴望舒被称作"雨巷诗人"，诗中那位撑着油纸伞、独自彷徨于幽长雨巷之中的丁香似的姑娘，也成为中国现当代诗歌中一个朦胧凄婉、富有古典韵味的独特诗歌意象。《雨巷》全篇笼罩着一种不易言说的朦胧而哀愁的古典意境之美。飘着雨的幽长的雨巷，独撑的油纸伞，一位流溢着淡淡的忧愁与哀怨、丁香似的姑娘，整个画面如水墨画般铺展开来。"雨巷"可以被视为诗人心灵深处构想出来的一个幽谧的空间，诗人通过不断地重复使用"寂寥""悠长""愁怨""彷徨""梦"等词语，建构出一个下着清冷细雨、如梦如幻、让人感到淡淡忧伤的意境，而这种意境恰恰是诗人内心情绪的投影。不仅如此，"我"渴望的、能够在这寂寥的雨巷中与"我"擦肩而过、只留下太息般的眼光的姑娘，诗人也赋予她丁香似的、忧愁又哀怨、冷漠而惆怅、凄婉且迷茫的特质。语言的重复、叠字的使用、规则的韵脚以及起结复见等，都是在强化诗人营造的凄清孤冷的氛围，渲染诗人彷徨又孤寂的哀怨情绪。正如整首诗给人带来的这种朦胧的美感，我们既可以将其视为一首单纯的爱情抒情诗，是诗人借以抒发青年时代追寻爱情而不得的惆怅。同时也应看到，《雨巷》创作于 1927 年"四·一二"大屠杀后，深受西方象征主义影响的戴望舒，在创作中势必会以"雨巷"为隐喻，来抒发面对黑暗恐怖的社会现实时内心的凄婉忧愁，以及对国家和革命走出这彷徨迷茫的困局的渴望。

烦　忧 [1]

说是寂寞的秋的清愁，
说是辽远的海的相思；
假如有人问我的烦忧，
我不敢说出你的名字。

我不敢说出你的名字：
假如有人问我的烦忧，
说是辽远的海的相思，
说是寂寞的秋的清愁……

注　释

〔1〕初收录于《望舒草》，现代书局 1933 年版。

鉴　赏

　　诗歌《烦忧》收录于戴望舒 1933 年出版的新诗集《望束草》。整首诗最引人注目的是诗人借用了"回文体"诗的形式，这使《烦忧》成为中国现代新诗中独特的存在。全诗字句韵律整齐，实际上是四行诗首尾颠倒重复为八行，相同四句诗在排列次序上的变化同时带来了不同的解读方式。诗人给"秋"与"海"冠以"寂寞"与"辽远"的修饰，为全诗奠定了伤感惆怅的基调，也平添了几分肃杀的气氛，第三句引出诗眼"烦忧"——你的名字里饱含"我"对"你"的清愁与相思。前四句的诗歌排列方式以比兴手法引出烦忧之所在，颠倒后的后四句则呈现出的是：面对直接的"烦忧"的难题，"我"刻意地顾左右而言他，以"辽远的海的相思"和"寂寞的秋的清愁"来掩盖"不敢说出你的名字"的羞涩和胆怯。作为现代象征主义诗人，戴望舒在《烦忧》中跳出了隐喻与意象氛围的刻意营造，代之的是一种平实的惆怅忧伤之美。这烦忧，无论源自爱情，或者来自政治，本就是说不清、道不明的，戴望舒将其放置在虚与实之间往复交错，为全诗另添一种"不可说，不可说，一说即是错"的朦胧质感。

阿垅

阿垅（1907—1967），原名陈守梅，又名陈亦门，浙江杭州人。中国现代诗人、文艺理论家、"七月诗派"代表诗人。早年就读于上海工业大学专科学校，是国民党中央军校第十期毕业生。参加过淞沪抗战。1939 年到延安，在抗日军政大学学习。后在重庆国民党陆军大学学习，毕业后任战术教官。1946 年在成都主编《呼吸》，次年遭到国民党当局通缉。新中国成立后任天津市文协编辑部主任。1955 年因胡风案被捕，1967 年病死狱中，1980 年获得平反。代表诗作是《无题》《纤夫》《孤岛》等，著有诗集《无弦琴》。

孤　岛〔1〕

在掀腾的海波之中，我是小小的孤岛，如同其他的孤岛
在晴丽的天气，我能够清楚地望见大陆边岸底远景
似乎隐隐约约传来了人声，虽然远，但是传来了，人声传来
有的时候，也有一叶小舟渡海而来，在我底岸边小泊

而在雾和冬的季节，在深夜无星之时，

我不能看到你了，我只在我底恋慕和向往的心情中看见你为
　我留下的影子

我，是小小的孤岛，然而和大陆一样

我有乔木和灌木，你底乔木和灌木

我有小小的麦田和疏疏的村落，你底麦田和村落

我有飞来的候鸟和鸣鸟，从你那儿带着消息飞来

我有如珠的繁星的夜，和你共同在里面睡眠的繁星的夜

我有如桥的七色的虹霓，横跨你我之间的虹霓

我，似乎是一个弃儿然而不是

似乎是一个浪子然而不是

海面的波涛嚣然地隔断了我们，为了隔断我们

迷惘的海雾黯澹地隔断了我们，想使你以为丧失了我而我以
　为丧失了你

然而在海流最深之处，我和你永远联结而属一体，连断层地
　震也无力使你我分离

如同其他的孤岛，我是小小的孤岛，你的儿子，你的兄弟

1946 年于成都

注 释

〔1〕选自《白色花》，人民文学出版社 1981 年版。

鉴 赏

  《孤岛》是诗人阿垅 1946 年在国统区成都创作的。作为中国 20 世纪三四十年代重要的现实主义诗歌流派的"七月诗派"，这一时期随着政治态势的变化，诗人由此前的将主观战斗精神"跳跃在时代的激流里"（胡风）转向了对现实的讽刺和暴露。《孤岛》正是七月诗人阿垅在这样一个过渡时期创作的，全诗借助"孤岛"这样一个具有强烈隐喻色彩的意象表现了诗人对"大陆"母体的召唤与真情。阿垅采用第一人称"我"的口吻，化身为一座远离大陆的小小的"孤岛"，静候和盼望着来自大陆的细微的声响。在第一节中，诗人点明孤岛与大陆分隔的事实："我不能看到你了"，紧接着以强烈的情感倾诉着与大陆之间的联系，连续七个以"我"开头的诗行，一次次地强化和推进情绪的起伏：孤岛与大陆看似分离，但孤岛永远是大陆母体不可分割的部分。诗人浓烈的情感在此处达到顶点，他明确道："我，似乎是一个弃儿然而不是 / 似乎是一个浪子然而不是"。尽管在《孤岛》一诗中，象征和隐喻替代了对现实及情感的直抒胸臆，但诗人坚定的信念，对任何事物都无法阻断"我"与母体间的永恒的一体关系的信念，却表露得毫不隐讳。它即传达了诗人对伟大革命事业誓死追随的决心，更表明了诗人对充满希望的未来的无限渴盼与憧憬。

艾 青

　　艾青（1910—1996），原名蒋海澄，浙江金华人。中国现代著名文学家、诗人。1928年考入杭州国立西湖艺术院绘画系，翌年赴巴黎学习绘画。1932年回国后，在上海因组织革命文艺活动被密探逮捕入狱，狱中创作了轰动诗坛的《大堰河——我的保姆》，于1935年出狱。1941年赴延安，任《诗刊》主编，次年参加了延安文艺座谈会和延安整风运动。50年代曾被错化为"右派"赴边疆劳改，1979年得以平反。代表诗作是《大堰河——我的保姆》《雪落在中国的土地上》《我爱这土地》等，著有诗集《大堰河》《北方》《他死在第二次》《向太阳》《献给乡村的诗》《反法西斯》《旷野》《黎明的通知》《雪里钻》《欢呼集》《宝石的红星》《海岬上》《黑鳗》《春天》《彩色的诗》《雪莲》等，诗论集《诗论》《艾青谈诗》等。

雪落在中国的土地上 [1]

　　雪落在中国的土地上，

寒冷在封锁着中国呀……

风，
像一个太悲哀了的老妇，
紧紧地跟随着
伸出寒冷的指爪
拉扯着行人的衣襟，
用着像土地一样古老的话
一刻也不停地絮聒着……

那从林间出现的，
赶着马车的
你中国的农夫
戴着皮帽
冒着大雪
你要到哪儿去呢？

告诉你
我也是农人的后裔——
由于你们的

刻满了痛苦的皱纹的脸
我能如此深深地
知道了
生活在草原上的人们的
岁月的艰辛。

而我
也并不比你们快乐啊
——躺在时间的河流上
苦难的浪涛
曾经几次把我吞没而又卷起——
流浪与监禁
已失去了我的青春的
最可贵的日子，
我的生命
也像你们的生命
一样的憔悴呀

雪落在中国的土地上，
寒冷在封锁着中国呀……

沿着雪夜的河流，
一盏小油灯在徐缓地移行，
那破烂的乌篷船里
映着灯光，垂着头
坐着的是谁呀？

——啊，你
蓬发垢面的少妇，
是不是
你的家
——那幸福与温暖的巢穴——
已被暴戾的敌人
烧毁了么？
是不是
也像这样的夜间，
失去了男人的保护，
在死亡的恐怖里
你已受尽敌人刺刀的戏弄？

咳，就在如此寒冷的今夜，

无数的

我们的年老的母亲

都蜷伏在不是自己的家里，

就像异邦人

不知明天的车轮

要滚上怎样的路程……

——而且

中国的路

是如此的崎岖

是如此的泥泞呀。

雪落在中国的土地上，

寒冷在封锁着中国呀……

透过雪夜的草原

那些被烽火所啮啃着的地域，

无数的，土地的垦殖者

失去了他们所饲养的家畜

失去了他们肥沃的田地

拥挤在

生活的绝望的污巷里：

饥馑的大地

朝向阴暗的天

伸出乞援的

颤抖着的双臂。

中国的苦痛与灾难

像这雪夜一样广阔而又漫长呀！

雪落在中国的土地上，

寒冷在封锁着中国呀……

中国，

我的在没有灯光的晚上

所写的无力的诗句

能给你些许的温暖么？

1937 年 12 月 28 日，夜间

注 释

　　〔1〕原载《七月》1938年1月16日第1卷第7期。

鉴 赏

　　诗人艾青的诗作向来不是游离于时代环境之外的，正如他在《我爱这土地》一诗中所写的那样："为什么我的眼里常含泪水？／因为我对这土地爱的深沉……"艾青的诗歌往往展现的都是一种与祖国、与民族息息相关的大情怀。《雪落在中国的土地上》是艾青1937年在武汉时写下的，时值抗日战争的硝烟正弥漫在中华大地，苦痛正蹂躏着中华儿女。在这首诗中，诗人强调的是一个民族的苦难，但他却是以自身、以具体的个体的苦难为视角去展现的。他写脸上刻满痛苦皱纹的中国农民，写流离失所、胆战心惊的少妇，写蜷缩在寒冷黑夜里无助的母亲们，写那些因战争而惶恐的生命的疼痛……这些个体的疼痛构成了中华大地千千万万中华儿女灰色的生命状态，这灰暗和肃杀的恐怖正如这雪在中国的土地上铺展开来。正是在这种悲愤的情绪之中，艾青反复地强调着"雪落在中国的土地上，／寒冷在封锁着中国呀……"这寒彻心扉的雪夜充满了苦难的疼痛和绝望，充满着对当时黑暗社会状态的暗喻。整首诗情绪沉郁，笔调悲凉，表达了对身处苦难之中的祖国和同胞们前途命运的忧思与关切。

我爱这土地 [1]

假如我是一只鸟，

我也应该用嘶哑的喉咙歌唱：

这被暴风雨所打击着的土地，

这永远汹涌着我们的悲愤的河流，

这无止息地吹刮着的激怒的风，

和那来自林间的无比温柔的黎明……

——然后我死了，

连羽毛也腐烂在土地里面。

为什么我的眼里常含泪水？

因为我对这土地爱的深沉……

一九三八，十一月十七日

注　释

〔1〕选自《艾青选集》，开明书店 1951 年 7 月版。

鉴赏

　　1938 年的中华大地，满目疮痍。诗人艾青在《我爱这土地》里化身为鸟，用嘶哑的喉咙为祖国而歌：我爱这土地！我爱这华夏大地，即使狂风暴雨侵袭着它、即使它正经受着无可名状的苦难。在这首诗中，诗人将深沉而热烈的情感融入危急的现实处境中，以山川河流等宏大意象渲染悲壮的情感基调。土地正代表了养育亿万中华儿女的"母亲"，悲愤的河流、带着激怒的风都是中华儿女面对祖国危难时，胸中燃起的难以遏制的悲壮的深情。这激愤通过"我"嘶哑的喉咙，将传遍整个华夏大地。即便是死亡也无法使"我"与祖国分离，"我"将永远融入这大地。如果说诗作到此仍保留着诗歌的某种表达上隐喻的含蓄的话，全诗的最后两句则可称为点睛之笔，诗人浓烈的情感在最后两句里得到彻底的、完全的舒张："因为我对这土地爱的深沉……"直接点明了全诗的主旨。直抒胸臆和含蓄手法的使用相得益彰，诗人的情感在极度的压制和亟待的偾张之间衔接得恰到好处。《我爱这土地》全诗短小凝练，语言优美质朴，注重情感的节奏，极易引发阅读者情感上的共鸣。作者的强烈的爱国主义情感，于诗中不辨自明。

公 木

公木（1910—1998），原名张永年，又名张松如，河北辛集人。中国现当代诗人、学者、教育家。1928年考入北平大学第一师范学院。1938年到延安抗日军政大学学习，与萧三等创办延安诗社。1939年创作《八路军进行曲》。1942年调到鲁迅艺术学院文学系任教。1945年参加东北文艺工作团去沈阳，曾任东北大学教育长。1947年出版长诗《鸟枪的故事》。1954年到北京，任中国作家协会文学讲习所副所长、所长。1958年错划为"右派"下放到长春，任吉林省图书馆馆员。1962年调至吉林大学中文系，1979年错案改正，后曾任系主任、副校长。1985年出版《诗论》，1990年出版诗选集《我爱》。代表诗作有《难老泉》《夜行吟》等，著有诗集《中华人民共和国颂歌》《黄花集》等。

难 老 泉 [1]

我仿佛感到碧玉泛清凉，

难老泉深深向山下流淌；
我仿佛见翠羽相冲撞，
绿莎萍轻轻在水底摇晃。

心地纯净得了无纤尘，
眼睛晶莹得浓夜闪光——
我恍惚看见袒胸的水母娘娘，
裸足涉着浅水，素手撩着衣裳。

她向人间播出智慧的种子，
她向大地插上幸福的苗秧。
凡是泉水潺潺流过的地方，
就有荷花和稻花一齐飘香。

1956 年 8 月 28 日太原

注 释

〔1〕原载《北京日报》，1956 年 10 月 14 日。

　　诗人公刘在这首诗中描绘的是晋祠三绝之一的"难老泉",位于山西太原,因泉从山间断崖流下,长流不息,故得"难老"之名,唐代诗人李白就曾有"晋祠流水如碧玉,微波龙鳞莎草绿"的感叹。面对难老泉的美景,公刘先是通过体感温度的变化呈现难老泉清凉舒适的美感,又转至视觉的角度描绘山泉流下时的巨大冲击、飞溅,最终慢慢变得柔和,牵动绿莎萍在水底轻轻地摇晃。诗人调动起多重感官用以描绘难老泉的外在客观美感,又从欣赏者的内在感受上侧面烘托了它的神奇:难老泉的美仿佛有洗涤双目、净化心灵的效用,让观者不由得心情舒畅、神清气爽。自然美带来的身心愉悦令诗人沉醉其中并产生了联想,这联想是由晋祠圣母殿而发的。圣母殿相传是为奉祀周武王的妻子邑姜而建。诗人紧接着将读者带入一个具有神话色彩的秘境之中,他幻想一位温婉动人的水母娘娘,在水中提衣涉水漫步,将智慧和希望播撒至人间。而诗人的思绪由此又转回到现实,再次聚焦到泉水上,赞美泉水润泽土地,带来大地的勃勃生机和丰收的喜悦。整首诗语言清丽动人,情感朴素而真诚。虽为写景之作,却也别出心裁,想象新奇,达到了以情动人的效果。

殷 夫

殷夫（1910—1931），原名徐白，又名白莽，浙江象山人。中国现代诗人、无产阶级优秀诗人、"左联五烈士"之一。1923年开始新诗创作。1925年，在上海积极参加声援"五卅"运动的斗争。1927年，因"四一二"反革命政变被捕关押三个月。1928年，加入"太阳社"。1930年，参与发起中国左翼作家联盟。1931年与柔石、胡也频、冯铿等"左联"作家被秘密杀害于上海。代表诗作有《别了，哥哥》《血字》《孩儿塔》等，新中国成立后出版诗集《孩儿塔》《殷夫选集》《殷夫集》。

孩 儿 塔 [1]

孩儿塔哟，你是稚骨的故宫，
伫立于这漠茫的平旷，
倾听晚风无依的悲诉，
谐和着鸦队的合唱！
呵！你是幼弱灵魂的居处，

你是被遗忘者的故乡。

白荆花低开旁周，
灵芝草暗覆着幽幽私道，
地线上停凝着风车巨轮，
澹漫漫的天空没有风暴；
这哟，这和平无奈的世界，
北欧的悲雾永久地笼罩。

你们为世遗忘的小幽魂，
天使的清泪洗涤心的创痕；
哟，你们有你们人生和情热，
也有生的歌颂，未来的花底憧憬。

只是你们已被世界遗忘，
你们的呼喊已无迹留，
狐的高鸣，和狼的狂唱，
纯洁的哭泣只暗绕莽沟。

你们的小手空空，

指上只牵挂了你母亲的愁情，
夜静，月斜，风停了微嘘，
不睡的慈母暗送她的叹声。

幽灵哟，发扬你们没字的歌唱，
使那荆花悸颤，灵芝低回，
远的溪流凝住轻泣，
黑衣的先知者默然飞开。

幽灵哟，把黝绿的磷火聚合，
照着死的平漠，暗的道路，
引住无辜的旅人伫足，
说：此处飞舞着一盏鬼火……

1929，于上海流浪中。

注 释

〔1〕选自《殷夫诗文选集》，人民文学出版社 1954 年 8 月版。

　　诗人殷夫1929年前创作的诗歌收录于诗集《孩儿塔》中，鲁迅对这部诗集的评价为："这是东方的微光，是林中的响箭，是冬末的萌芽，是进军的第一步，是对于前驱者的爱的大纛，也是对于摧残者的憎的丰碑。"加入"左联"之后，殷夫后期的诗歌创作带有明显的政治倾向，具有时代鼓动性；而其前期诗作则多吟咏爱情和故乡，弥漫着伤感的情绪。这首《孩儿塔》描绘的正是嘉兴七塔中的"孩儿塔"，相传此塔是为了祭奠和抚慰枉死小孩的冤魂。殷夫将整首诗的情感基调同样定位为悼念幼童的亡魂，因此，全诗弥漫着阴沉而伤感的情绪。在描写孩儿塔的景象时，诗人使用了大量低沉、昏暗甚至于阴森恐怖的修辞——"晚风无依的悲诉""幽幽私道""死的平漠"进行气氛的烘托，以突显孩儿塔中孤魂们的凄冷和悲凉。正是这样的一个孩儿塔，聚集着"为世遗忘的小幽魂"，他们所有对生活美好的憧憬都被死亡所剥夺，渐渐被世界遗忘和抛弃，只剩母亲暗夜里独自的想念。《孩儿塔》中凝练了诗人阴郁惆怅的情绪和怜悯之心，体现出诗人早期强烈的人道主义情怀。其中，还有诗人对光明世界的呼唤：即便成为幽灵只能以一盏鬼火的方式，也要重新照亮黑暗的前路，挣脱这阴暗的世界，寻求光明……

郭小川

郭小川（1910—1976），原名郭恩大，河北丰宁人。中国当代著名诗人。1933年，随全家避难北平，随后即积极参加抗日救亡运动，开始诗歌创作。1937年参加八路军。1941年至1945年，在延安马列学院和中央党校学习，参加了延安整风运动。其后从事党的新闻宣传工作，先后参与《群众日报》《大众日报》《天津日报》等报刊的编辑。新中国成立后曾任中国作家协会书记处书记兼秘书长、《诗刊》编委、《人民日报》特约记者等职。代表诗作有《望星空》《甘蔗林——青纱帐》《白雪的赞歌》《团泊洼的秋天》等，著有诗集《致青年公民》《投入火热的斗争》《月下集》《将军三部曲》《甘蔗林——青纱帐》《昆仑行》及《郭小川诗选》《郭小川诗选续集》等，诗论集《谈诗》，报告文学集《时代风云录》等。

祝 酒 歌 [1]
——林区三唱之一

三伏天下雨哟，

雷对雷；

朱仙镇交战哟，

锤对锤；

今儿晚上哟，

咱们杯对杯！

舒心的酒，

千杯不醉；

知心的话，

万言不赘；

今儿晚上啊，

咱这是瑞雪丰年祝捷的会！

酗酒作乐的

是浪荡鬼；

醉酒哭天的

是窝囊废；

饮酒赞前程的

是咱们社会主义新人这一辈！

财主醉了，

因为心黑；
衙役醉了，
因为受贿；
咱们就是醉了，
也是因为生活的酒太浓太美！

山中的老虎呀，
美在背；
树上的百灵呀，
美在嘴；
咱们林区的工人啊，
美在内。

斟满酒，
高举杯！
一杯酒，
开心扉；
豪情，美酒，
自古长相随。

祖国是一座花园，

北方就是园中的蜡梅；

小兴安岭是一朵花，

森林就是花中的蕊。

花香呀，

沁满咱们的肺。

祖国情呀，

春风一般往这儿吹；

同志爱呀，

河流一般往这儿汇。

党是太阳，

咱是向日葵。

广厦亿万间，

等这儿的木材做门楣；

铁路千百条，

等这儿的枕木铺钢轨。

国家的任务是大旗，

咱是旗下的突击队。

骏马哟，

不用鞭催；

好鼓哟，

不用重锤；

咱们林区工人哟，

知道怎样答对！

且饮酒，

莫停杯！

三杯酒，

三杯欢喜泪；

五杯酒，

豪情胜似长江水。

雪片呀，

恰似群群仙鹤天外归；

松树林呀，

犹如寿星老儿来赴会。

老寿星啊，

白须、白发、白眼眉。

雪花呀，
恰似繁星从天坠；
桦树林呀，
犹如古代兵将守边陲。
好兵将啊，
白旗、白甲、白头盔。

草原上的骏马哟，
最快的是乌骓；
深山里的好汉哟，
最勇的是李逵；
天上地下的英雄啊，
最风流的是咱们这一辈！

目标远，
大步追。
雪上走，
就像云里飞；

人在山，
就像鱼在水。

重活儿，
甜滋味。
锯大树，
就像割麦穗；
抗木头，
就像举酒杯。

一声呼，
千声回；
林荫道上，
机器如乐队；
森林铁路上，
火车似滚雷。

一声令下，
万树来归：
冰雪滑道上，

木材如流水；
贮木场上，
枕木似山堆。

且饮酒，
莫停杯！
七杯酒，
豪情与大雪齐飞；
十杯酒，
红心和朝日同辉！

小兴安岭的山哟，
雷打不碎；
汤旺河的水哟，
百折不回。
林区的工人啊，
专爱在这儿跟困难作对！

一天歇工，
三天累；

三天歇工，

十天不能安生睡；

十天歇工，

简直觉得犯了罪。

要出山，

茶饭没有了味；

快出山，

一时三刻拉不动腿；

出了山，

夜夜梦中回。

旧话说：

当一天的乌龟，

驮一天的石碑；

咱们说：

占三尺地位，

放万丈光辉！

旧话说：

跑一天的腿，

张一天的嘴；

咱们说：

喝三瓢雪水，

放万朵花蕾！

人在山里，

木材走遍东西南北；

身在林中，

志在千山万水。

祖国叫咱怎样答对，

咱就怎样答对！

想昨天：

百炼千锤；

看明朝：

千娇百媚；

谁不想干它百岁！

活它百岁！

舒心的酒，

千杯不醉；

知心的话，

万言不赘；

今儿晚上啊，

咱这是瑞雪丰年宣誓的会……

1962年12月，记于伊春

1963年2月1日—28日，写于北京

注 释

〔1〕原载《诗刊》1963年第2期。

鉴 赏

　　"林区三唱"是诗人郭小川在20世纪60年代初期深入东北深山雪林采风，为赞颂林区工人而作，《祝酒歌》是其中流传甚广的名篇。郭小川的诗中总是洋溢着革命的热情和建设的激情，这首自然也不例外。诗人以"咱这是瑞雪丰年的会"为饮酒主题，将林区工人如火如荼的日常劳作场面与描摹祖国边疆壮美山河结合在一起，先以祝酒为由赞美作为社会主义新一辈的林区工人建设美好祖国的热情，再描摹具有浓厚地域特色的东北林区景貌，赞叹祖国壮美山河。火热的生活和劳作场景的描写，与当下饮酒场面回环交错，同时又不疏离"祝酒"的主题。《祝酒歌》通篇气势恢宏，情绪热烈，洋溢着林区工人们豪迈朴实的情感，使读者不自觉地被带入酒席的情景之中，被诗中饱含的真诚、亢奋的生命激情所感染。这真诚来自情景和语言的平实，整首诗的语言直白晓畅，以日常口语入诗，一方面贴合真实的林区生活，另一方面也提升了广大民众阅读时的亲切感。这亢奋则来自情感的直抒胸臆，祝酒歌，祝酒歌，祝的什么酒？祝的是建设伟大祖国的酒，祝的是歌颂美好幸福的新生活的酒。

卞之琳

卞之琳（1910—2000），江苏海门人。中国现当代著名诗人、评论家、翻译家，新月派和现代派代表诗人之一。1929年考入北京大学，开始诗歌创作。1936年任杂志《新诗》编委，出版诗集《芦叶船》，同年出版与李广田、何其芳的诗歌合集《汉园集》，与二者并称"汉园三诗人"。1938年秋至1939年到延安和太行山区抗日根据地访问，创作诗集《慰劳信集》。1940年后在西南联大任教。新中国成立后在大学任教，曾任《世界文学》《文学评论》《诗刊》等刊编委。代表诗作《断章》《距离的组织》《古镇的梦》《鱼化石》等，著有诗集《三秋草》《鱼目集》《十年诗草》等，诗论集《人与诗：忆旧说新》。

断　章 〔1〕

你站在桥上看风景，
看风景人在楼上看你。

明月装饰了你的窗子，

你装饰了别人的梦。

1935 年 10 月

注 释

〔1〕选自《鱼目集》，文化生活出版社 1935 年版。

鉴 赏

哲理诗《断章》是诗人卞之琳流传甚广的诗歌佳作，整首诗只两节四句。据说，这四句原本在一首长诗之内，因只有这四句最合诗人心意，便被截取，独立成诗，篇名《断章》正是由此而来。《断章》上下两节采用景中景的构图手法描绘出两重画面：上节中站在桥上看风景的"你"独立成画，同时又成为立于高楼之上欣赏着"你"的人的视觉点缀；而下节中，一轮明月装饰着"你"房间的窗子，而在这明月高悬的房间内的"你"，也可能出现在别人的睡梦之中。尽管卞之琳在《断章》中的用词平淡朴素，但其中却蕴含着深刻的生活哲理：每个人都有可能于不经意间成为他人风景之中的点缀，这世间万事万物都处在相互关联、彼此影响之中。《断章》之所以呈现出一种欲说还休、难以穷极意蕴的古典气韵，主要在于卞之琳

在诗句中大量留白，只勾勒出如水墨画般最简单的线条，更深层的意境则需要读者在审美的过程中不断的衍生想象。也正是在这不断的填白和想象中，哲理意蕴的深刻与诗歌本身的含蓄婉转在《断章》之中的恰切融合，就慢慢地显露出来了。

何其芳

何其芳（1912—1977），重庆万州人。中国现当代著名诗人、散文家、文学评论家。1930年考入清华外国文学系，半年后转入北大哲学系。毕业后先后任教于天津南开中学和山东莱阳乡村师范学校。1936年与卞之琳、李广田出版诗歌合集《汉园集》，内收何其芳《燕泥集》诗作十六首，三人被称为"汉园三诗人"。1938年到延安鲁迅艺术学院任教，同年加入中国共产党。新中国成立后担任过全国政协委员、全国人大代表、中国文联委员、文学研究所所长，并担任《文学评论》杂志主编。"文革"时期被打为"走资派"，1977年在北京病逝。代表诗作有《预言》《回答》《我为少男少女们歌唱》《生活是多么广阔》等，著有诗集《汉园集》《预言》和《夜歌》。

预　言〔1〕

这一个心跳的日子终于来临！
你夜的叹息似的渐近的足音

我听得清不是林叶和夜风私语，
麋鹿驰过苔径的细碎的蹄声！
告诉我，用你银铃的歌声告诉我，
你是不是预言中的年轻的神？

你一定来自那温郁的南方
告诉我那儿的月色，那儿的日光，
告诉我春风是怎样吹开百花，
燕子是怎样痴恋着绿杨。
我将合眼睡在你如梦的歌声里，
那温暖我似乎记得，又似乎遗忘。

请停下，停下你疲劳的奔波，
进来，这儿有虎皮的褥你坐！
让我烧起每一个秋天拾来的落叶，
听我低低唱起我自己的歌。
那歌声将火光一样沉郁又高扬，
火光一样将我的一生诉说。

不要前行！前面是无边的森林，

古老的树现着野兽身上的斑纹，
半生半死的藤蟒一样交缠着，
密叶里漏不下一颗星。
你将怯怯地不敢放下第二步，
当你听见了第一步空寥的回声。

一定要走吗？请等我和你同行！
我的脚知道每一条平安的路径，
我可以不停地唱着忘倦的歌，
再给你，再给你手的温存。
当夜的浓黑遮断了我们，
你可以不转眼地望着我的眼睛。

我激动的歌声你竟不听，
你的脚竟不为我的颤抖暂停！
像静穆的微风飘过这黄昏里，
消失了，消失了你骄傲的足音！
呵，你终于如预言中所说的无语而来，
无语而去了吗，年轻的神？

一九三一年

注 释

〔1〕初收录于诗歌合集《汉园集》，商务印书馆 1936 年版。

鉴 赏

　　《预言》是何其芳 19 岁时创作的现代抒情诗，代表了诗人早期的诗歌风格。他以朦胧而梦幻的柔软语调，讲述了青年对爱的等待、追求和承诺，以及爱而无果的失落，弥漫着醉人的温柔和爱的怜惜。全诗以对话式的、私语般的倾诉，将情节慢慢推进，娓娓道来。诗人以一阵陷入爱恋狂喜中的心跳开启全诗，描绘出青年内心的激荡起伏，一腔的热忱与柔情付予等待，等待那拥有摄人心魄之美的年轻的"神"。当她真的来临，青年炽热的爱情被唤起，此间声色，热闹非凡。当这个甘愿匍匐于她裙下的年轻人，这个渴望守护她度过空寂长夜、走出可怖森林的青年说出"当夜的浓黑遮断了我们，/ 你可以不转眼地望着我的眼睛"时，爱的许诺使全诗如蜜一般的柔情达到了极致。但爱的愿景却在"神"不愿停留的骄傲中，在少年失落的颤抖中戛然而止了。"神"自始至终都未曾开口，她"无语而来，又无语而去"，一切的一切，皆是这青年的爱的理想，随着神的离去，少年亦从自己营造的温柔乡中惊醒。诗人借助声音的描写侧面呈现《预言》前后情绪的转折和反差，全诗以凝神屏气的静的等待开始，又以青年静穆地伫立在微风轻拂的黄昏中而止，加重了爱却终不可得的失落与惆怅。诗人对青年在爱恋中情绪的细腻捕捉，以及纯美的诗意表达，为中国现代新诗增添了一抹温柔的苦涩。

金克木

金克木（1912—2000），安徽寿县人。中国现当代著名文学家、翻译家、梵学研究、印度文化研究家，现代派诗人。与季羡林、陈玉龙并称为"北大三支笔"，与季羡林、张中行、邓广铭一起被称为"未名四老"。1930年后到北京求学，曾在北京大学图书馆任职员。1941年到印度任一家中文报纸编辑，学习印地语和梵语，钻研佛学。1946年回国，任教于武汉大学哲学系，1948年后任教于北京大学东语系。曾任中华全国世界语协会理事、全国政协委员。代表诗作有《生命》《灯前》等，著有诗集《蝙蝠集》《雨雪集》《挂剑空垄》等。

生　命 [1]

生命是一粒白点儿，
在悠悠碧落里，
神秘地展成云片了。

生命是在湖的烟波里，
在飘摇的小艇中。

生命是低气压的太息，
是伴着芦苇啜泣的呵欠。

生命是在被擎着的纸烟尾上了，
依着袅袅升去的青烟。

生命是九月里的蟋蟀声，
一丝丝一丝丝的随着西风消逝去。

注 释

〔1〕选自《现代派诗选》，人民文学出版社 1986 年版。

鉴 赏

生命究竟是什么，或许本属于哲学思考的范畴。现代派诗人金克木在《生命》中，以将生命具象化的方式来呈现自我对生命及其意义的思考。在这首诗中，诗人运用现代派诗歌的创作手法，展现人对生命存在方式及意义的探寻，揭示了生命的渺小、飘摇、短暂

与易逝。探讨生命与存在本是一个厚重的话题，诗人在诗中却仿佛举重若轻。全诗短小而精练，五小节每节虽只有短短三或两行，以五重比喻将生命的存在方式呈现为可观、可感、可听，似乎近在咫尺、可以捕捉得到的事物。生命的难以把控是无须言明的，诗人却借助具象的事物将自己的思考更为形象地呈现出来。诗人对生命的飘忽不定、命运的随波浮沉的感悟在诗中喻体的选用上可见一斑："一粒白点儿""小艇""太息""青烟""蟋蟀声"，都包含着一种匆匆的、易逝、难以把控的情绪在其中。金克木将佛学思想融入其中，他试图表现生命的一种常态，而这种常态并不是明亮而欢快的。它呈现的越轻盈、越背离生命原本的厚重，就越显出命运的不可控性，正如那"伴着芦苇啜泣的呵欠""随着西风消逝去"一样，生命是在细碎的光阴中、在细微的刹那间悄悄流逝掉的。整首诗读来觉得轻盈，深思则饱含凝重。

辛 笛

辛笛（1912—2004），原名王馨迪，天津人，祖籍江苏淮安。中国现当代诗人，九叶诗派诗人。1931 年入清华大学外文系，开始发表新诗。1935 年毕业后在北京任中学教师。1936 年与辛谷合出第一本诗集《珠贝集》。同年去英国，入爱丁堡大学读英国文学。1939 年回国后任教于上海光华大学、暨南大学。抗战胜利后参加编辑《中国新诗》月刊。1949 年后长期担任上海市工业部门领导职务。1976 年重新开始创作。1981 年与郑敏等合出诗集《九叶集》，因此被称为九叶诗人。代表诗作有《航》《冬夜》《夜别》等，著有诗集《手掌集》《辛笛诗稿》《印象·花束》《王辛笛诗集》等。

航 [1]

帆起了
帆向落日的去处
明净与古老
风帆吻着暗色的水

有如黑蝶与白蝶

明月照在当头
青色的蛇
弄着银色的明珠
桅上的人语
风吹过来
水手问起雨和星辰

从日到夜
从夜到日
我们航不出这圆圈
后一个圆
前一个圆
一个永恒
而无涯涘的圆圈

将生命的茫茫
脱卸与茫茫的烟水

一九三四年八月海上

注 释

〔1〕选自《珠贝集》，1936 年 6 月初版。

鉴 赏

　　九叶诗人辛笛在新诗《航》中感物起兴，由帆及航思考了生命的轨迹和意义。全诗四小节，前两小节形象地描摹了起帆后的画面，以拟人化的手法描绘出船在水中的景象，将帆与水面比喻做一对黑色和白色的蝴蝶，颇具诗意。《航》从头至尾都未脱离帆船于水中航行的诗境，却自然地从具象化的帆过渡到生命意义的思考上。这一自然过渡是由第二节顺接至第三节完成的，诗人将航船生动地比作"青色的蛇"，在水上追逐着明月这颗"银色的明珠"，一方面点明白昼与黑夜间的不间断更替，另一方面也借此营造出清冷幽静的气氛，埋伏下后续伤感的情绪基调，同时引出诗人的思考。帆船日夜兼程航行在海上，却始终周期性回环于其中，总是无法改变生命周期性的更迭，更无法摆脱命运轨迹般轮回的枷锁。由帆的意象联想至生命，暗喻人生的航线恰如这帆船的轨迹，"我们航不出这圆圈"一句，流露出诗人对命运难以把握以及人生前程未卜的困惑。帆船尚有这海面的宏阔，而人生似乎充满着需要探寻的迷离。最后，诗人将生命交付与茫茫的烟水，似乎表现出某种释然，实则仍含着无奈的苦味。

纪 弦

纪弦（1913—2013），原名路逾，曾用笔名路易士，河北清苑人，祖籍陕西。中国当代诗人，台湾诗坛三元老之一。1929年开始写诗。1933年毕业于苏州美术专科学校。1934年在上海创办《火山》诗刊。后与杜衡合作出版《今代文艺》，组织"星火文艺社"。1936年与徐迟、戴望舒合作创办《新诗》月刊。1938年到香港，曾编辑《国民日报》副刊《新垒》。1948年参与组织"异端社"，出版《异端》诗刊。同年到台湾，任《平言日报》主笔兼副刊《热风》编辑、成功中学国文教师。1951年主编《自立晚报》新诗周刊，创办《诗志》。1956年发起成立"现代派"诗社。1976年旅居美国。代表诗作有《狼之独步》《你的名字》《四十的狂徒》等，著有诗集《易士诗集》《饮者诗抄》《槟榔树》《半岛之歌》《晚景》等。

你的名字 [1]

用了世界上最轻最轻的声音，

轻轻地唤你的名字每夜每夜。

写你的名字。
画你的名字。
而梦见的是你的发光的名字：

如日，如星，你的名字。
如灯，如钻石，你的名字。
如缤纷的火花，如闪电，你的名字。
如原始森林的燃烧，你的名字。

刻你的名字！
刻你的名字在树上。
刻你的名字在不凋的生命树上。
当这植物长成了参天的古木时，
啊啊，多好，多好，
你的名字也大起来。

大起来了，你的名字。
亮起来了，你的名字。

于是，轻轻轻轻轻轻地唤你的名字。

1952 年作于台北

注 释

〔1〕选自《槟榔树甲集》，台湾现代诗社 1967 年 6 月版。

鉴 赏

诗人戴望舒在其诗作《烦忧》一诗中的"假如有人问我的烦忧，/ 我不敢说出你的名字"，以东方式的含蓄表现了恋人的思念。与戴望舒不同，台湾现代诗人纪弦以直接呼唤恋人名字的方式呈现出处于恋爱中人内心的悸动与甜蜜。《你的名字》简洁明朗，饱含温柔。诗人以代表恋人的"你的名字"为倾诉的对象展开全诗，首节以"轻轻地唤你的名字每夜每夜"开启全诗，尾节又以六个"轻"字的叠加形成情感的递进并带来首尾重复呼应的美感。对恋人的思慕之情似乎是从一种朦胧而美好的思绪而起的，从轻唤你的名字而起，诗人似乎沿着这种情绪进入到某种更为强烈的幻想之中，于是便有了写你的名字、画你的名字、梦你的名字以及刻你的名字等一系列的幻想中的举动。在诗人的思绪中，"你的名字"成为作为具象的恋人的象征，即便是轻轻地唤起，也带来情感中如火花、如闪电般的热烈地仿若燃烧着的灼热感受。于是，诗人紧接着以植物长成参天古木的比喻描摹出恋人在自己内心中占据着日益重要的地位——"大起来了，你的名字。/亮起来了，你的名字。"至此诗人已将整首诗歌的情感由最初的平缓推向了热烈。然而纪弦又让这股近乎要冲出来的情绪顷刻间归于平静的克制，"轻轻轻轻轻轻地唤你的名字，"连续的六个"轻"字，在柔软的倾诉中尤现深情一片。

田 间

田间（1916—1985），原名童天鉴，安徽无为人。中国现当代著名诗人。1933年赴上海读书，次年加入"左联"，参加《新诗歌》和《文学丛报》的编辑工作。1937年赴日深造，抗战爆发后回国，同年发表著名诗篇《给战斗者》。1938年发起并组织了抗日的街头诗运动，创作《假使我们不去打仗》等街头诗，被闻一多誉为"时代的鼓手"。新中国成立后历任察哈尔文联主任、中国作协党组成员、《诗刊》编委等职。代表诗作有《假使我们不去打仗》《给战斗者》、叙事诗《戎冠秀》《赶车传》等，著有诗集《未明集》《中国牧歌》《给战斗者》《抗战诗抄》《誓词》《汽笛》《马头琴歌集》《火颂》《清明》《天山诗草》等，长诗集《英雄战歌》《云南行》和《赶车传》的续篇第2至第7部，诗论集《海燕颂》《新国风赞》等。

假使我们不去打仗 [1]

假使我们不去打仗，

敌人用刺刀

杀死了我们

还要用手指着我们的骨头说：

"看，

这是奴隶！"

1938 年

注 释

〔1〕选自《抗战诗抄》，新华书店 1950 年版。

鉴 赏

　　诗人田间被称为"时代的鼓手"，因其创作的街头诗以鼓的声律和鼓的情绪，燃起一个民族积极反抗的强烈斗志，激起了广大人民共度危亡的民族自尊心和生活欲。田间的街头诗之所以具有独特的魅力，源自两个方面，其一是诗歌内容往往富于战斗性和现实性，语言质朴，朗朗上口，便于诵记；其二是形式上短小凝练，句子短促，有极强的节奏感和鼓动性。这首《假使我们不去打仗》创作于抗战前夕，也是田间广为流传的街头诗名篇。在这首诗中，田间用词朴素，简洁凝练却寓意深长。尽管篇幅短小，却真实地道出了侵

略者的冷酷残暴、被侵略民族的屈辱悲惨，饱含着强烈的民族自尊心和爱憎感情。诗人以不去战斗作为"假设"，揭示出一个民族怯懦不抵抗的下场——被敌人用刺刀杀死，还要被嘲讽地视作"奴隶"。而这种"假设"给予读者心灵带来的直接的震撼与深层的屈辱感，极易激荡起一股强烈的爱国主义情怀，以及在民族生死存亡时刻仍要顽强抵抗的凛然气节。结合此诗的创作背景来看，它体现出的极强的鼓动性与战斗性，实际上正配合了激烈急迫的斗争需要，号召广大人民团结一心抵抗外敌，增强了民族凝聚力和战斗力以及广大人民共同抵抗侵略者的决心。

陈敬容

陈敬容（1917—1989），四川乐山人。中国现当代诗人、九叶诗派诗人。1932年春读初中时开始学习写诗。1934年离家前往北京，同期开始发表诗歌和散文。1935年创作第一首诗歌《十月》，1946年发表于上海《联合日报晚刊》。1938年在成都参加中华全国文艺界抗敌协会。1946年任职于上海文通书局，在《文艺复兴》《大公报》等刊物上发表诗歌、散文、书评及译诗等。1948年与王辛迪(辛笛)、曹辛之等共同创办《中国诗歌》诗刊。1950年至1951年，任《解放军文艺》特约撰稿人。1956年任《世界文学》编辑至退休。1981年至1984年为《诗刊》编选外国诗专栏。代表诗作有《窗》《雨后》《山和海》，著有诗集《交响集》《盈盈集》《老去的是时间》等。

假如你走来 [1]

假如你走来，
在一个微温的夜晚，

轻轻地走来，
叩我寂寥的门窗；

假如你走来，
不说一句话，
将你战栗的肩膀，
倚靠着白色的墙。

我将从沉思的坐椅中
静静地立起，
在书页里寻出来
一朵萎去的花
插在你的衣襟上。

我也将给你一个缄默，
一个最深的凝望；
而当你又踽踽地走去，
我将哭泣——

是因为幸福，

不是悲伤。

五，十二　晨散步时。

注 释

〔1〕选自《盈盈集》，文化生活出版社 1948 年 11 月初版。

鉴 赏

　　在九叶诗人中，陈敬容的诗总是带着女性特有的细腻与敏感，她对于情感的捕捉细致入微，极善于借助诗歌将人的情感外化。这首《假如你走来》诗弥漫着寡静的气息，蕴含一种平静的温情。这首诗可以理解为是一首充满苦涩意味的爱情诗，"你"与"我"静默地、通过几个动作，完成了两人心灵的"交谈"。"你""轻轻地走来"—战栗地倚靠—"踽踽地走去"，一个"踽踽"传神地刻画出"你"的落寞的深情。当"你"走来给"我"以深深的缄默，"我"只能献给"你""一朵萎去的花"和"一个最深的凝望"，两个人并没有交谈，但却在彼此的心间留下深深的烙印。"我"一直压抑着自己的情感，直到"你"离开，幸福的泪水才不可遏制地奔流出来。然而，这深深的缄默和凝望足以让"我"感到幸福，只是所有种种假设都建立在"假如你走来"之上，"来"与"不来"又为全诗奠

定了伤感的基调。这里的"你"或许指代的是一个闯入"我"内心情感世界的"他者"，或许是诗人内心投射出的另一个"自我"。在夜深人静的时候，"你"或许是诗人自我审视、自我探寻，面对自我内心世界时的心灵投影。写作这首《假如你走来》的那年，陈敬容逃离兰州在重庆郊外小镇的小学教书，这首诗是否也有对诗人重新寻回自我的隐喻，今天我们已不得而知。

杜运燮

杜运燮（1918—2002），生于马来西亚，祖籍福建古田。中国现当代诗人，"九叶诗派"诗人。1939年入昆明西南联合大学外国语文系读书，期间发表大量新诗。1945年毕业后到重庆《大公报》任编辑。1946年出版诗集《诗四十首》，同年到新加坡，先后任教于南洋女子中学和华侨中学，并在《中国新诗》等刊物发表诗作。1950年去香港，任《大公报》文艺副刊编辑兼《新晚报》翻译。1951年到北京新华社国际部工作。1970年后去干校、农村当农民，后任教于在山西师范学院外语系。1979年回新华社，曾任《环球》杂志副主编，1986年退休。1981年与辛笛等合出诗集《九叶集》。代表诗作有《滇缅公路》《秋》等，著有诗集《南音集》《晚稻集》《你是我爱的第一个》《海城路上的求索》等。

滇缅公路 [1]

不要说这只是简单的普通现实，

试想没有血脉的躯体，没有油管的
机器。这是不平凡的路，更不平凡的人：
就是他们，冒着饥寒与疟蚊的袭击，
（营养不足，半裸体，挣扎在死亡的边沿）
每天不让太阳占先，从匆促搭盖的
土穴草窠里出来，挥动起原始的
锹镐，不惜仅有的血汗，一厘一分地
为民族争取平坦，争取自由的呼吸。

放声歌唱吧，接近胜利的人民，
新的路给我们新的希望。而就是他们，
（还带着沉重的枷锁而任人播弄）
给我们明朗的信念，光明闪烁在眼前。
我们都记得无知而勇敢的牺牲，
永在阴谋剥削而支持享受的一群，
与一种新声音在响，一个新世界在到来，
如同不会忘记时代是怎样无情，
一个浪头，一个轮齿都是清楚的教训。

看，那就是，那就是他们不朽的化身：

穿过高寿的森林，经过万千年风霜
与期待的山岭，蛮横如野兽的激流，
以及神秘如地狱的疟蚊大本营……
就用勇敢而善良的血汗与忍耐
踩过一切阻碍，走出来，走出来，
给战斗疲倦的中国送鲜美的海风，
送热烈的鼓励，送血，送一切，于是
这坚韧的民族更英勇，开始拍手：
"我起来了，我起来了，我就要自由！"

路永远使我们兴奋，想纵情歌唱。
这是重要的时刻，胜利就在前方。
看它，风一样有力，航过绿色的原野，
蛇一样轻灵，从茂密的草木间
盘上高山的背脊，飘行在云流中，
俨然在飞机座舱里，发现新的世界，
而又鹰一样敏捷，画几个优美的圆弧，
降落到箕形的溪谷，倾听村落里
安息前欢愉的匆促，轻烟的朦胧中
洋溢着亲密的呼唤，家庭的温暖，

然后懒散地，沿着水流缓缓走向城市。

就在粗糙的寒夜里，荒冷
而空洞，也一样负着全民族的
食粮：载重卡车的亮眼满山搜索，
搜索着跑向人民的渴望：
沉重的胶皮轮不绝滚动着
人民兴奋的脉搏，每一块石子
一样觉得为胜利尽忠而骄傲：
微笑了，在满意地默默注视的星月下面，
微笑了，在热闹的凯旋日子的好梦里。

征服了黑暗就是光明，它晓得：
大家都看见，黎明的红色消息已写在
每一片云彩上，攒涌着多少兴奋的面庞，
七色的光在忙碌调整布景的效果，
星子在奔走，鸟儿在转身睁眼，
远处沿着山顶闪着新弹的棉花，
滇缅公路得到万物朝气的鼓励，
狂欢地运载着远方来的物资，

上峰顶看雾，看山坡上的日出，
修路工人在草露上打欠伸："好早啊！"

早啊！好早啊！路上的尘土还没有
大群地起来追逐，辛勤的农民
因为太疲倦，肌肉还需要松弛，
牧羊的小孩正在纯洁的忘却中，
城里人还在重复他们枯燥的旧梦，
而它，就引着成群各种形状的影子，
在荒废多年的森林草丛间飞奔：
一切在飞奔，不准许任何人停留，
远方的星球被转下地平线，
拥挤着房屋的城市已到面前，
可是它，不许停，这是光荣的时代，
整个民族在等待，需要它的负载。

1942 年 1 月于昆明

注 释

〔1〕选自《文聚》半月刊 1942 年创刊号。

鉴 赏

《滇缅公路》是杜运燮早期诗歌的代表作，被收录到闻一多编选的《现代诗抄》。这首诗是杜运燮20世纪40年代身处西南联大时期的诗作，以滇缅公路的建设展望民族与国家的光明的未来。滇缅公路是抗战时期沟通中国与外部世界的"输血管"，是云南人民用血肉铸就起来的。诗人以厚重的笔调开篇即刻画和赞颂了一群"不平凡的人"——人民，他们克服种种困难，为争取民族和国家的自由而建设着滇缅公路。深受西方现代文化影响的杜运燮，在处理现实主义题材时并没有采用直抒胸臆的歌颂和赞美，而是借助现代主义的表现手法使诗歌免于流俗。在描摹滇缅公路时，诗人大胆地做出形象的乃至抽象的比喻："风一样有力""蛇一样轻灵""鹰一样敏捷"，胜利的欢愉不言自明。与此同时，在诗的后半部，诗人转换了表现的视角——以拟人的手法将滇缅公路人格化，借助"它"的视角来呈现建设者们的欢愉、人民的喜悦。整首诗洋溢着浓厚的爱国情怀，体现了诗人对民族凝聚力和战斗力的赞颂，同时体现出诗人强烈的民族自尊心和自豪感。在诗的最后，诗人写道："一切在飞奔，不准许任何人停留"。飞奔的不仅仅是寄托着希望的滇缅公路，还寓意着同样奔向光明未来的整个民族。

穆 旦

穆旦（1918—1977），原名查良铮，浙江海宁人。中国现当代著名诗人、翻译家、"九叶诗派"代表诗人之一。1929年在天津南开中学读书，开始写诗。1935年入清华大学学习。"七七事变"之后先后发表诗作《合唱》《防空洞里的抒情诗》《赞美》《诗八首》等。1947年参与"九叶诗派"的创作活动。1948年赴美留学。1953年回国后，在南开大学外文系任教。1958年因政治迫害暂停诗歌创作，直至1975年恢复。著有诗集《探险者》《旗》《穆旦诗选》等，译作有《唐璜》《普希金抒情诗集》《济慈诗选》《拜伦抒情诗选》等。

赞　美 [1]

走不尽的山峦和起伏，河流和草原，
数不尽的密密的村庄，鸡鸣和狗吠，
接连在原是荒凉的亚洲的土地上，

在野草的茫茫中呼啸着干燥的风，

在低压的暗云下唱着单调的东流的水，

在忧郁的森林里有无数埋藏的年代。

它们静静地和我拥抱：

说不尽的故事是说不尽的灾难，沉默的

是爱情，是在天空飞翔的鹰群，

是忧伤的眼睛期待着泉涌的热泪，

当不移的灰色的行列在遥远的天际爬行；

我有太多的话语，太悠久的感情，

我要以荒凉的沙漠，坎坷的小路，骡子车，

我要以槽子船，蔓山的野花，阴雨的天气，

我要以一切拥抱你，你，

我到处看见的人民呵，

在耻辱里生活的人民，佝偻的人民，

我要以带血的手和你们一一拥抱。

因为一个民族已经起来。

一个农夫，他粗糙的身躯移动在田野中，

他是一个女人的孩子，许多孩子的父亲，

多少朝代在他的身边升起又降落了

而把希望和失望压在他身上，
而他永远无言地跟在犁后旋转，
翻起同样的泥土溶解过他祖先的，
是同样的受难的形象凝固在路旁。
在大路上多少次愉快的歌声流过去了，
多少次跟来的是临到他的忧患；
在大路上人们演说，叫嚣，欢快，
然而他没有，他只放下了古代的锄头，
再一次相信名辞，溶进了大众的爱，
坚定地，他看见自己移进死亡里，
而这样的路是无限的悠长的
而他是不能够流泪的，
他没有流泪，因为一个民族已经起来。

在群山的包围里，在蔚蓝的天空下，
在春天和秋天经过他家园的时候，
在幽深的谷里隐着最含蓄的悲哀：
一个老妇期待着孩子，许多孩子期待着
饥饿，而又在饥饿里忍耐，
在路旁仍是那聚集着黑暗的茅屋，

一样的是不可知的恐惧，一样的是
大自然中那侵蚀着生活的泥土，
而他走去了从不回头诅咒。
为了他我要拥抱每一个人，
为了他我失去了拥抱的安慰，
因为他，我们是不能给以幸福的，
痛哭吧，让我们在他的身上痛哭吧，
因为一个民族已经起来。

一样的是这悠久的年代的风，
一样的是从这倾圮的屋檐下散开的
无尽的呻吟和寒冷，
它歌唱在一片枯栖的树顶上，
它吹过了荒芜的沼泽，芦苇和虫鸣，
一样的是这飞过的乌鸦的声音。
当我走过，站在路上踟蹰，
我踟蹰着为了多年耻辱的历史
仍在这广大的山河中等待，
等待着，我们无言的痛苦是太多了，
然而一个民族已经起来，

然而一个民族已经起来。

一九四一，十二

注 释

〔1〕原载《文聚》1942 年 2 月 16 日第 1 卷第 1 期。

鉴 赏

　　《赞美》是穆旦在 20 世纪 40 年代初，以抗日战争进入最为艰苦的"相持阶段"为背景写作的一首抒情诗。诗体规模宏大且意象繁复，每节均以"因为一个民族已经起来"做结，奠定了诗歌赞美坚韧、顽强、乐观的伟大民族精神的总基调。穆旦在首节描绘了祖国壮丽的山河被战争的苦难暗淡了色彩，在繁密意象的罗列之后，诗人赞美了在苦难时代依旧顽强生存的最朴实的劳动人民，以拥抱凸显自己与人民之间的血脉联系。随后，诗人着重刻画了一个老实、纯朴的农民，为保卫家园毅然决然地告别妻子儿女，献身到抗日救亡的斗争中去。这样一个具体的农民形象，实际上象征着千千万万个为反抗外敌侵略奋起反抗的劳苦大众，正因为有这些在祖国危亡时刻挺身而出的人民，中华民族才有了真正起来的力量。《赞美》尽管贯穿着悲壮苍凉之感，但在情感上，穆旦始终真切地赞美着充

满战斗力和凝聚力的伟大民族精神，赞颂苦难深重的中华民族在这团结一心的抗争精神中已经起来。因此，读者依旧能够体味出诗人对祖国深沉的热爱、对同胞的真诚赞颂、对即将摆脱苦痛的未来怀抱美好的憧憬与期待。

蔡其矫

蔡其矫（1918—2007），福建晋江人。中国当代诗人、散文家。幼年随家迁居印度尼西亚，1929年回国。1938年到延安鲁迅艺术文学院学习。1949年任中央人民政府情报总署东南亚科科长。1953年到中央学习讲习所任教。1957年到武汉任长江流域规划办公室宣传部长，因创作《雾中汉水》等诗受到批判。1958年到福建作家协会从事专业创作，先后任该会副主任、名誉主席。代表诗作有《雾中汉水》《川江号子》等，著有诗集《回声集》《祈求》《双虹》《福建集》《生活的歌》《迎风》《醉石》《蔡其矫抒情诗》《蔡其矫诗选》等。

川江号子 [1]

你碎裂人心的呼号，
来自万丈的断崖下，
来自飞剑般的船上。
你悲歌的回声在震荡，

从悬岩到悬岩，

从漩涡到漩涡。

你一阵吆喝，一声长啸，

有如生命最凶猛的浪潮

向我流来，流来。

我看见巨大的木船上有四支浆，

一只浆四个人；

我看见眼中的闪电，额上的雨点，

我看见川江舟子千年的血泪，

我看见终身搏斗在急流上的英雄

宁做沥血歌唱的鸟

不做沉默无声的鱼；

但是几千年来

有谁来倾听你的呼声

除了那悬挂在绝壁上的

一片云，一棵树，一座野庙？

……歌声远去了，

我从沉痛中苏醒，

那新时代诞生的巨鸟

我心爱的钻探机，正在山上和江上

用深沉的歌声

回答你的呼吁。

一九五八年

注　释

〔１〕选自《中国新诗萃》，人民文学出版社 1985 年 11 月版。

鉴　赏

　　诗歌《川江号子》和《雾中汉水》是能够代表诗人蔡其矫 20 世纪 50 年代创作成就的两首名篇。这首《川江号子》写于 1958 年，是诗人游历长江时，有感于江上伴随劳动节奏而产生的、雄浑而高亢的"号子"，以诗歌的方式描绘了江上人民劳动时的动人场面。诗人采用第一人称视角更精准地传递了这一场面带来的视听震撼。诗人先是描绘了号子特有的强烈的节奏感，伴随着激烈的劳动场面，视觉和听觉的双重感受不断冲击着读者的神经：在万丈的断崖下，如飞剑般的船上，人们正用生命向自然发起挑战。浑厚悲壮的江上号子伴随着在险境中拼搏的人们，一次又一次突破生命的极限。"宁做沥血歌唱的鸟 / 不做沉默无声的鱼"，多像这个古老而又坚韧民族的写照。诗人用现实主义的笔调，描绘出劳动人民面对恶

劣的自然条件，勇于挑战生命的极限，用双手、用踏实勤恳的劳动争取美好的生活，将劳动人民生命的韧性、与自然搏击的勇气揉进诗中，铺成一曲雄浑壮阔的诗篇。由这一壮阔的场面，诗人将现实的图景转向历史——川江舟子千年的血泪，感叹千百年来劳动人民是最为坚韧的、真正的英雄。其后，诗人的思绪又向未来延伸：新的时代的到来，也必将带来结束这历代生命苦楚的展望。

周梦蝶

周梦蝶（1920—2014），原名周起述，河南淅川人。中国当代诗人。早年就读于开封师范学院、宛西乡村师范学校。参加过青年军，后到台湾。1952年开始发表诗歌，1954年加入"蓝星诗社"，1956年退伍后，一度在街头卖书。1965年因出版诗集《还魂草》引起诗坛瞩目。曾获中国文艺家协会新诗特别奖、"《中央日报》"文学成就奖、"国家文化艺术基金会"文学奖等。代表诗作有《所谓伊人》《还魂草》《行到水穷处》等，著有诗集《孤独国》《还魂草》《十三朵白菊花》《约会》和《有一种鸟或人》。

行到水穷处 [1]

行到水穷处
不见穷，不见水——
却有一片幽香
冷冷在目、在耳、在衣。

你是源泉，
我是泉上的涟漪；
我们在冷冷之初，冷冷之终
相遇。像风与风眼之
乍醒。惊喜相窥
看你在我，我在你；
看你在上，在后在前在左右
回眸一笑便足成千古。

你心里有花开，
开自第一瓣犹未涌起时；
谁是那第一瓣？
那初冷，那不凋的涟漪？

行到水穷处
不见穷，不见水——
却有一片幽香
冷冷在目、在耳、在衣。

注 释

〔1〕选自《孤独国 还魂草 风耳楼逸稿》，INK 印刻文学生活杂志出版
有限公司 2009 年 12 月版。

鉴 赏

　　台湾诗人周梦蝶的这首《行到水穷处》令人印象最为深刻的当
属其诗的语言，整首诗带来的"陌生感"源自它的非口语性。应该
说，《行到水穷处》是古典与现代、东方情韵与西方诗学结合的产
物。诗名源自唐代诗人王维《终南别业》中的两句："行到水穷处，
坐看云起时。"周梦蝶却在头两句道："行到水穷处 / 不见穷，不见
水——"使原本虚空的景象更具有一种禅味，在仿若避世之所在的
清幽之处，只有幽幽的香气浮上眉目。诗人异常注意氛围的营造——
带有明显的古典意蕴。全诗通体带着一股清泉般的冷冽之气，整首
诗 20 诗行却 9 次使用"冷"字以突显诗人情绪上的冷静。全诗的
尾节是对首节的完全重复，重复手法的使用一方面带来回环往复的
诗体结构的外在美感，另一方面也有对第二节以"冷冷之初"始、
以"冷冷之终"而终的照应。周梦蝶将"你"与"我"的关系喻为"源
泉"与"涟漪"以及"风"与"风眼"的附属关系，又含蓄地描摹
了"我们"初见时的惊喜，还有因这惊喜产生的心内的"不凋的涟漪"。
而人与人之间的缘分与纠葛，似乎最好的呈现便是以冷冷始又以冷

冷终，它代表了周梦蝶对人世间缘分的带着禅意的思考。整首诗虽短但意蕴深长，隐含了诗人对世事的了悟。

陈　辉

　　陈辉（1920—1944），原名吴盛辉，湖南常德人。中国现代诗人、革命烈士。1937年加入中国共产党，次年奔赴延安。1939年到晋察冀敌后抗日根据地的通讯社工作。曾在《晋察冀日报》《群众文化》《诗建设》《鼓》《子弟兵》等抗日根据地报刊上发表过很多诗作。1944年春，遇敌人围困，壮烈牺牲。代表诗作《为祖国而歌》《红高粱》，著有诗集《十月的歌》。

为祖国而歌 [1]

我，
埋怨
我不是一个琴师。

祖国呵，
因为
我是属于你的，

一个大手大脚的
劳动人民的儿子。

我深深地
深深地
爱你！

我呵，
却不能，
像高唱马赛曲的歌手一样，
在火热的阳光下，
在那巴黎公社战斗的街垒旁，
拨动六弦琴丝，
让它吐出
震动世界的，
人类的第一首
最美的歌曲，
作为我
对你的祝词。

我也不会

骑在牛背上，

弄着短笛。

也不会呵，

在八月的禾场上，

把竹箫举起，

轻轻地

轻轻地吹

让箫声

飘过泥墙，

落在河边的柳荫里。

然而，

当我抬起头来，

瞧见了你，

我的祖国的

那高蓝的天空，

那辽阔的原野，

那天边的白云

悠悠地飘过，

或是
那红色的小花，
笑迷迷的
从石缝里站起。
我的心啊，
多么兴奋，
有如我的家乡，
那苗族的女郎，
在明朗的八月之夜，
疯狂地跳在一个节拍上，
你搂着我的腰，
我吻着你的嘴，
而且唱：
——月儿呀，
亮光光……

我们的祖国呵，
我是属于你的，
一个紫黑色的
年轻的战士。

当我背起我的

那枝陈旧的"老毛瑟",

从平原走过,

望见了

敌人的黑色的炮楼,

和那炮楼上

飘扬的血腥的红膏药旗,

我的血呵,

它激荡,

有如关外

那积雪深深的草原里,

大风暴似的,

急驰而来的,

祖国的健儿们的铁骑……

祖国呵,

你以爱情的乳浆,

养育了我;

而我,

也将以我的血肉，

守卫你啊！

也许明天，

我会倒下；

也许

在砍杀之际，

敌人的枪尖，

戳穿了我的肚皮；

也许吧，

我将无言地死在绞架上，

或者被敌人

投进狗场。

看啊，

那凶恶的狼狗，

磨着牙尖，

眼里吐出

绿色莹莹的光……

祖国呵，

陈辉

在敌人的屠刀下，

我不会滴一滴眼泪，

我高笑，

因为呵，

我——

你的大手大脚的儿子，

你的守卫者，

他的生命，

给你留下了一首

无比崇高的"赞美词"。

我高歌，

祖国呵，

在埋着我的骨骼的黄土堆上，

也将有爱情的花儿生长。

1942 年 8 月 10 日

注 释

〔1〕选自《十月的歌》，作家出版社 1958 年版。

鉴赏

　　陈辉是一名为祖国革命事业献身的烈士，也是一个用诗歌赞颂伟大祖国的诗人。他的诗歌，总是澎湃着年轻生命的激情，溢满了对祖国深沉的热爱和依恋。这首《为祖国而歌》是诗人在参与抗日革命根据地建设的过程中，感受到了祖国光明的未来和希望，渴望将满腔的热忱和自己的全部都贡献到争取伟大祖国的自由和民族解放中去。诗人以"一个大手大脚的劳动人民的儿子"的质朴视角，展开对祖国美丽山河的由衷感叹和赞美。年轻的生命面对祖国壮美的山河，渴望去歌唱、渴望去祝福、渴望去赞美这美好而自由的生活。面对敌人铁蹄的蹂躏、民族的危亡，"我"迅速成长为一个"紫黑色的战士"，誓死守卫祖国。一句"而我，／也将以我的血肉，／守卫你啊！"简单的承诺，凸显了革命战士的自豪感和使命感，塑造出甘愿为保卫祖国抛头颅洒热血的鲜活革命者形象，也影射出青春的梦想因战争而破碎，年轻的生命因战争而消亡。整首诗在情绪上存在明显的反差，前半部"我"赞美的情感有多么欢喜、热烈，后半部分"我"守护祖国的决心就有多么坚定、"我"的被毁灭就有多么悲壮。《为祖国而歌》情感真诚炙热，激荡着强烈的爱国主义情怀，贯穿全诗的是一个最朴实、最平凡的战士对祖国和人民浓厚而真挚的情感和深沉的热爱。

郑 敏

郑敏（1920—　　），福州闽侯人。中国现当代诗人，九叶诗派诗人。1939年考入昆明西南联合大学外国文学系，后转入哲学系。1942年开始创作，1943年毕业于西南联合大学。1949年出版《诗集1942—1947》，之后停笔三十年。1948年留学于美国布朗大学。1952年获英国文学硕士学位。1955年回国，在中国科学院文学研究所研究英国文学。1960年任教于北京师范大学。1981年与辛迪等合出诗集《九叶集》。代表诗作有《金黄的稻束》《诗人之死》等，著有诗集《诗集1942—1947》《寻觅集》《心象》《早晨，我在雨里采花》等。

金黄的稻束 [1]

金黄的稻束站在
割过的秋天的田里，
我想起无数个疲倦的母亲
黄昏路上我看见那皱了的美丽的脸

收获日的满月在

高耸的树巅上，

暮色里，远山

围着我们的心边，

没有一个雕像能比这更静默。

肩荷着那伟大的疲倦，你们

在这伸向远远的一片

秋天的田里低首沉思，

静默。静默。历史也不过是

脚下一条流去的小河，

而你们，站在那儿，

将成为人类的一个思想。

注 释

〔1〕选自《诗集 1942—1947》，上海文化生活出版社 1948 年版。

鉴 赏

诗人郑敏 20 世纪 40 年代创作的现代诗歌，很好地诠释了九叶诗派对"思想知觉化"的艺术追求，它要求诗人将可以观感到的形象与抽象的观念合二为一。郑敏善于将其对人的内心世界的探索、对生命的感受和理解与哲学思考结合起来，这也形成了她哲理诗歌创作的独特风格，这首《金黄的稻束》很典型地体现了这一点。"稻束"在这首诗中已经完全地抽象化、高度地哲理化了。诗歌开头便进行了一次情感的转移：由金黄色的稻田里的稻束转向疲惫的、皱了美丽的脸的母亲们。二者都是孕育和养育生命的母体，是生命的初源。诗人紧接着再将稻束拟人化，将其与前面所喻的母亲形象相互融合。在稻束的身上，诗人看到的是一种犹如雕像般静穆的美感，这一刹那的静默、这低首沉思的稻束如同人类的思想一般，在它面前，"历史也不过是脚下一条流去的小河"，历史的长河变成了点缀，什么才是永恒呢？是诗人捕捉到的这伸向远远一片地、在秋季田野里静穆着的金黄色的稻束，是以疲倦的姿态、沉默的劳作养育生命的母亲们。郑敏在表达情感时显得理性而有节制，正如诗人所崇尚的理性对情感的控制，诗歌的语言尤为平静与平实。《金黄的稻束》语言精练，浸透着哲学思考的力量。

吴兴华

　　吴兴华（1921—1966），天津塘沽人，原籍浙江杭州。中国现代诗人、学者、翻译家。16岁考入燕京大学西语系，同年发表长诗处女作《森林的沉默》，引发诗坛关注。他极富语言和文学才华，过目不忘；由于家学渊源，拥有深厚的中国古典文学积淀；同时精通多国语言，翻译了大量的外国诗作，被其导师谢迪克教授称为是其在燕京教过的学生中才华最高的一位，可与其另一位学生文学批评家哈罗德·布鲁姆相匹敌。后留任燕京大学，其诗歌主要创作于1939—1941年期间。1957年被划分为"右派"，1966年惨死。代表作有《森林的沉默》《暂短》《吴王夫差女小玉》等。

暂　短 [1]

上星期我送给你一束朝霞的玫瑰

流溢着春的气息，使人追想起江南

如今烛光伴着她洒下悲戚的眼泪

——玫瑰短的生命里并没有所谓明天

即使你暖的手掌曾以微明的泉水
洗涤她的黄的枝叶，润湿她干的面颊
永远无法停止的是将前来的凋萎
——而在这冷的世上凋萎的不止是花

闭上眼，我像看见往古哀艳的故事
麋鹿跂足在廊下，苔藓缘遍了阶石
宫门前森然立着越过锦衣的战士
——一夜凄凉的风雨，吴宫埋葬了西施。

注 释

〔1〕原载《燕京文学》1941 年 9 月第 2 卷第 5、6 期。

鉴 赏

《暂短》是吴兴华写给妻子谢蔚英的爱情诗，诗风清丽温柔，弥漫着幽静的古典气息。整首诗的主调是凄清冷艳的，全诗虽由象征爱情的玫瑰而起，但前半部却都在铺垫玫瑰无法逃避的凋萎，带有些微的苦味。玫瑰作为典型的西方意象，引发的却是关于江南的

追想。诗人以玫瑰的凋萎联想到美人的消逝，以"闭上眼，我像看见往古哀艳的故事"完成时间和空间的双重转折——将画面从玫瑰的具体视点转向广阔的吴宫这一宏大场面，同时由此刻的时间跳转到往古事件的时间节点，自然而流畅。如果说诗作前半部分以西方现代意象和现代诗感，描绘了一个独自以泉水爱抚玫瑰的女性形象，那么以"而在这冷的世上凋萎的不止是花"为界，《暂短》转而进入了古典氛围的营造之中。在这里，吴兴华很明晰地引用了"朝为越溪女，暮作吴宫妃"的西施的典故，但与李白笔下"姑苏台上乌栖时，吴王宫里醉西施"的欢娱场面相比，吴兴华以廊下跂足的麋鹿、驻守宫门战士的森然和风雨交织的寒夜，渲染出西施香消玉殒的凄冷状态，完成了一个冷的世界的营造。诗人在现代诗感和诗歌语境框架之内，将西方诗歌意象、诗歌技巧移植到了中国古典意境之中。结合此诗的创作背景来看，深陷北方沦陷区内的吴兴华，似有借古喻今的意味。

袁可嘉

　　袁可嘉（1921—2008），浙江余姚人。中国现代翻译家、诗人、评论家，英美文学专家，九叶诗派诗人。1941年开始发表作品，1946年毕业于西南联合大学外国语文系英国语言文学专业。先后任北京大学西语系助教，中共中央宣传部毛泽东选集英译室翻译，外文出版社翻译，中国社会科学院文学研究所研究员等。1962年加入中国作家协会。1981年与辛笛、穆旦等出版诗歌合集《九叶集》，因此被誉为"九叶诗人"。代表诗作有《沉钟》《空》《岁暮》等，著有诗集《九叶集》、诗文选集《半个世纪的脚印》，文学论文集《现代派论·英美诗论》《论新诗现代化》《欧美现代派文学概论》，译有《彭斯诗钞》《现代主义文学研究》。

沉　钟 [1]

让我沉默于时空，
如古寺锈绿的洪钟，

负驮三千载沉重，

听窗外风雨匆匆；

把波澜掷给大海，

把无垠还诸苍穹，

我是沉寂的洪钟，

沉寂如蓝色凝冻；

生命脱蒂于苦痛，

苦痛任死寂煎烘，

我是锈绿的洪钟，

收容八方的野风！

注　释

〔1〕原载《文艺复兴》1947 年 6 月 1 日第 3 卷第 4 期。

鉴　赏

　　在九叶诗派的诗人中，袁可嘉实际上是以诗论见长的。《沉钟》一诗在某种程度上投射了他倡导"新诗现代化"的诗歌理念。这首诗质感大气、雄浑有力，这与所描摹对象——沉钟的特性有关，又与袁可嘉诗歌创作风格相符。开头一句"让我沉默于时空"划开时间与空间的交界，境界顿生豁然。大海、苍穹又使这种壮阔更进一层，平添了几分肃杀之气。"千磨万击还坚劲，任尔东西南北风。"（郑燮《竹石》）孤独、沧桑，甚至带着一股历史的悲壮，洪钟在苍茫的天地间，伫立着、坚守着。三千载历史洪流，饱经岁月洗礼的不只是这只生着绿锈的洪钟，更是饱经沧桑的中华大地。这只沉钟既是苦难中国的象征物，更是诗人内心情感的外在呈现：化苦难为坚韧、化悲痛为力量。全诗带着玄妙的色彩，空旷与静默，铸就沉钟在时空交错中岿然不动的耐性。末尾一句"收容八面的野风"又显露出一种霸气。《沉钟》的意蕴更多的是通过呈现内心情感而非单纯借助外部现实世界的描画完成的。诗人对国家、民族的担忧与深情，并不像 20 世纪 40 年代的其他诗人那样直抒胸臆，袁可嘉往往恰如其分地把控着诗歌与现实、与政治、与诗意间的距离。他不直抒胸臆，但透过"风雨""波澜""苦痛""煎烘"又能感受到诗人情感中的痛楚。

曾 卓

曾卓（1922—2002），原名曾庆冠，湖北黄陂人。中国现当代诗人，七月诗派诗人。抗日战争期间在重庆开始诗歌写作。1941年与诗友组成"诗垦地社"，参与编辑出版《诗垦地丛刊》，1943年就读于重庆中央大学历史系，并编辑《诗文学》杂志和《诗文学丛刊》。1947年大学毕业后，曾任中学教员，后担任《大刚报》副刊《大江》主编。武汉解放后担任《大刚报》副总编辑、《长江日报》副社长、武汉市文联副主席。1955年受胡风错案株连。1979年平反，复任武汉市文联副主席。代表诗作有《有赠》《悬崖边的树》《铁栏与火》等，著有诗集《门》《悬崖边的树》《老水手的歌》《曾卓抒情诗集》《给少年们的诗》等。

悬崖边的树 [1]

不知道是什么奇异的风
将一棵树吹到了那边——
平原的尽头

临近深谷的悬崖上

它倾听远处森林的喧哗
和深谷中小溪的歌唱
它孤独地站在那里
显得寂寞而又倔强

它的弯曲的身体
留下了风的形状
它似乎即将倾跌进深谷里
却又像是要展翅飞翔……

一九七〇年

注 释

〔1〕原载《诗刊》1979 年第 9 期。

鉴 赏

命运正是那不知何处吹来的风，是接受命运的摆布，还是勇敢
地向命运发起挑战、用生命去抗争而不甘于屈服？曾卓这首《悬崖

边的树》短小精练，它最大的特色或许并不是通过咏物的方式寄托内心的情感，而是全诗并没有停留在苦苦的追问上，甚至并没有去纠缠为什么，仅仅以开头的一句"不知道是什么奇异的风"一笔带过。命运的风将它抛弃在一个孤独而又危险的境地——临近深谷的悬崖，同时它因被"边缘"而失去了曾经的同伴。然而，面对这样的处境，这棵树却倔强地坚守着自己足下的土地，决不向命运的"风"低头。为此它付出了惨重的代价，它的身体因为"风"的侵袭而弯曲变形，这种伤痕永远地留存在这棵树的身体里。大风改变了这棵树原本天然的形态，却同时锻造了它的品格：即使面对深渊，依旧以强大的内心和顽强的毅力，抵御命运的"风"的侵袭。曾卓通过三小节诗句形象地刻画出了这棵树的形象：坚韧的品格，顽强的生命力和绝不屈服的个性。悬崖边的树看似是一个简单的意象，却也投射了诗人这一代人人生的真实写照。全诗语言朴素无华，却蕴含着强大的力量，凝练着生命的厚重与深深的思考。

绿 原

绿原(1922—2009),原名刘仁甫,湖北黄陂人。中国现当代诗人、作家、翻译家,"七月诗派"诗人。1942 年入复旦大学外文系学习。1944 年后任教于武汉、重庆等地中学。1949 年任《长江日报》文艺组副组长,出版诗集《集合》(1951)。1953 年调中共中央宣传部国际宣传处工作。1955 年因胡风案件被牵连,1962 年恢复工作,任人民文学出版社编辑。1980 年错案平反,后任人民文学出版社副总编辑。代表诗作有《小时候》《又一名哥伦布》《重读〈圣经〉》等,著有诗集《童话》《又是一个起点》《人之诗》《我们走向海》《绿原自选诗》等,译有《浮士德》《里尔克诗选》等。

又一名哥伦布 [1]

Le silence éternal de ces espaces infinis méffraie

Pascal [2]

昨天,十五世纪

一名哥伦布

告别了亲人

告别了人民，甚至

告别了人类

驾驶着他的"圣玛丽亚"

航行在空间的海洋上

四周一望无涯

没有陆地，没有岛屿

没有房屋，没有船只

没有走兽，没有飞鸟

只有海

只有海的波涛

只有海的波涛的炮弹

在追赶，在拍击，在围剿

他的孤独的"圣玛丽亚"

哥伦布衣衫褴褛

然而精神抖擞

坚信前面就是印度

不顾一天天少下去的淡水

继续向前漂流、漂流

漂流在空间的海洋上
他终于没有到达印度
却发现了一个新大陆

今天，二十世纪
又一名哥伦布
也告别了亲人
告别了人民，甚至
告别了人类
驾驶着他的"圣玛丽亚"
航行在时间的海洋上
前后一望无涯
没有分秒，没有昼夜
没有星期，没有年月
只有海——时间的海
只有海的波涛——时间的海的波涛
只有海的波涛的炮弹——
时间的海的波涛的炮弹
在追赶，在拍击，在围剿
他的孤独的"圣玛丽亚"

他的"圣玛丽亚"不是一只船

而是四堵苍黄的粉墙

加上一抹夕阳和半轮灯光

一株马樱花悄然探窗

一块没有指针的夜明表咔咔作响

再没有声音，再没有颜色

再没有变化，再没有运动

一切都很遥远，一切都很朦胧

就像月亮，天安门，石碑胡同……

这个哥伦布形销骨立

蓬头垢面

手捧一部"雅歌中的雅歌"

凝视着千变万化的天花板

漂流在时间的海洋上

他凭着爱因斯坦的常识

坚信着前面就是"印度"——

即使最终到达不了印度

他也一定会发现一个新大陆

1959

注 释

〔1〕选自《人之诗》，人民文学出版社 1983 年 4 月版。

〔2〕巴斯噶："无限空间之永恒沉默使我颤栗。"

鉴 赏

　　诗歌《又一名哥伦布》写于 1959 年，却直到 20 世纪 80 年代才得以公开发表，也因此被视为中国当代文学中的"潜在写作"。1955 年，诗人绿原受"胡风案"牵连被捕入狱，这首诗是他身处秦城监狱时写就的，是诗人狱中心境的真实写照。由于其时绿原被单独关押，强烈的孤独感包裹着他，诗人的身心都遭受到来自无限时间与空间的巨大折磨，正如那句"无限空间之永恒沉默使我颤栗"。漂浮在无边无际的时间和空间的海洋上，诗人想到了哥伦布——他为了探寻真理而告别人类，忍受着孤独和生命的考验，最终寻找到了"新大陆"。因此，在诗歌的前半部分，诗人着力刻画了历史上的哥伦布这个探寻者的形象。诗人自己又何尝不是一个"哥伦布"呢？与哥伦布相比，他同样经受着无休止的孤独的折磨：没有分秒，没有昼夜，没有星期，没有年月，只有时间的海……当诗人面对自我被囚困的苦难，成为被时间和空间放逐的囚徒，他身上依旧闪耀着耶稣受难者的光辉：保持着最坚定的信念——"他也一定会发现一个新大陆"。绿原在这首诗中通过对比的手法，刻画了一个 20 世纪的蒙难者形象，面对苦难依旧能高燃理想之火，以坚定地追逐真理的信念对抗命运的不公和磨难，坚定地等待公正的到来。

闻 捷

闻捷（1923—1971），原名赵文节，江苏丹徒人。中国现当代著名诗人。抗日爆发后流亡武汉，1938年加入中国共产党，其后从事编辑和记者工作。1949年随部队抵达新疆，1952年任新华社新疆分社社长，1955年在《人民文学》上陆续发表诗作《吐鲁番情歌》《博斯腾湖滨》《果子沟山谣》等。创作多为描写边疆人民生活的诗歌，其诗被誉为"劳动和爱情的赞歌"。著有长诗《复仇的火焰》，诗集《天山牧歌》《生活的赞歌》。

苹果树下 [1]

苹果树下那个小伙子，
你不要、不要再唱歌；
姑娘沿着水渠走来了，
年轻的心在胸中跳着。
她的心为什么跳啊？
为什么跳得失去节拍？……

春天，姑娘在果园劳作，

歌声轻轻从她耳边飘过，

枝头的花苞还没有开放，

小伙子就盼望它早结果。

奇怪的念头姑娘不懂得，

她说：别用歌声打扰我。

小伙子夏天在果园度过，

一边劳动一边把姑娘盯着，

果子才结得葡萄那么大，

小伙子就唱着赶快去采摘。

满腔的心思姑娘猜不着。

她说：别像影子一样缠着我。

淡红的果子压弯绿枝，

秋天是一个成熟季节，

姑娘整夜整夜地睡不着，

是不是挂念那树好苹果？

这些事小伙子应该明白，

她说：有句话你怎么不说？

……苹果树下那个小秋子，

你不要，不要再唱歌；

姑娘踏着草坪过来了，

她的笑容里藏着什么？……

说出那句真心的话吧！

种下的爱情已该收获。

1952—1954 年，乌鲁木齐—北京

注 释

〔1〕选自《人民文学》1955 年第 3 期。

鉴 赏

《苹果树下》是诗人闻捷最具代表性的生活抒情诗之一，诗人以简洁的叙事展现了边疆少数民族青年人对美好爱情的热烈追求，赞颂了爱情的甜蜜和边疆人民美满幸福的生活。全诗构思精巧，叙事简单，以苹果树下一个歌唱着的年轻小伙，等待着心爱的姑娘缓缓从水渠走来为背景，借用苹果树在春、夏、秋历经含苞、结果和收获等过程，暗示了甜蜜爱情的萌芽、发展与成熟，用倒叙的手法记录了一对少数民族青年男女在收获的季节里辛勤劳动和甜蜜爱情的双丰收。本诗展现了闻捷诗歌长于心理描写的特点，无论是对小伙子在追求过程中炙热急切的心情的表露，还是对含蓄纯真的姑娘的心理变化的刻画，诗人都剖析得细腻而真实。在这首诗中，闻捷将爱情诗表现得朴素直白而又委婉含蓄，全诗语言单纯直白，节奏轻快；在刻画细腻的情愫、描绘恋爱中男女间百转千回的柔情时又委婉含蓄，真挚的情感时含时露，使人读罢既能感受到爱情的炙热，又能感受到边疆劳动人民面对爱情时的那份含蓄羞涩。孕育收获喜悦和甜蜜爱情的苹果园，一对追求真挚爱情的少数民族青年男女，诗人将劳动场面和爱情生活交织在一起，使全诗饱含浓郁的地域特色，使之成为一曲描绘新时期边疆地区新生活的时代颂歌。

牛 汉

牛汉（1923—2013），原名史承汉，后改为史成汉，山西
定襄人，蒙古族。中国现代著名诗人、文学家、作家，"七月诗派"
代表诗人。1941年开始发表诗歌，1944年后在西安从事编辑
工作。1946年因参加学生运动被捕入狱，期间创作一些短诗。
新中国成立后，长期在人民文学出版社从事编辑工作，曾任《新
文学史料》主编《中国》执行副主编、中国诗歌学会副会长等职。
2003年获马其顿共和国"文学节杖奖"。代表诗作是《悼念一
棵枫树》《华南虎》《半棵树》等，著有诗集《彩色的生活》《在
祖国的面前》《爱与歌》《温泉》《蝴蝶》《牛汉诗文集》等，与
绿原合编过20人诗集《白色花》。

华 南 虎 [1]

在桂林
小小的动物园里
我见到一只老虎。

我挤在叽叽喳喳的人群中
隔着两道铁栅栏
向笼里的老虎
张望了许久许久，
但一直没有瞧见
老虎斑斓的面孔
和火焰似的眼睛。

笼里的老虎
背对胆怯而绝望的观众
安详地卧在一个角落，
有人用石块砸它
有人向它厉声呵喝
有人还苦苦劝诱
它都一概不理！

又长又粗的尾巴
悠悠地在拂动，
哦，老虎，笼中的老虎，

你是梦见了苍苍莽莽的山林吗？

是屈辱的心灵在抽搐吗？

还是想用尾巴鞭击那些可怜而又可笑的观众？

你的健壮的腿

直挺挺地向四方伸开，

我看见你的每个趾爪

全都是破碎的，

凝结着浓浓的鲜血，

你的趾爪

是被人捆绑着

活活地铰掉的吗？

还是由于悲愤

你用同样破碎的牙齿

（听说你的牙齿是被钢锯锯掉的）

把它们和着热血咬碎……

我看见铁笼里

灰灰的水泥墙壁上

有一道一道的血淋淋的沟壑

像闪电那般耀眼刺目！

我终于明白……
羞愧地离开了动物园。

恍惚之中听见一声
石破天惊的咆哮，
有一个不羁的灵魂
掠过我的头顶
腾空而去，
我看见了火焰似的斑纹
火焰似的眼睛，
还有巨大而破碎的
滴血的趾爪！

1973 年 6 月，咸宁

注 释

〔1〕选自《牛汉抒情诗选》，青海人民出版社 1989 年 12 月版。

鉴赏

　　牛汉的这首《华南虎》创作于 1973 年，正值"十年动乱"期间。在桂林动物园，诗人见到一只趾爪破碎、鲜血淋漓的老虎，被囚禁于铁笼之中，这一场景给诗人内心带来深深的震颤，于是便有了这首具有极强象征意味的抒情诗。诗中的"我"看到铁笼中的华南虎，全然不理会观众的"砸""严厉呵喝"和"苦苦劝诱"，坦然而安详地以冷漠对抗着外界的狂热。而当"我"注意到华南虎鲜血淋漓的趾爪和水泥墙上留下的一道道血淋淋的沟壑时，才领悟了华南虎为重获自由曾经顽强的反抗。这一幕使"我"突然意识到：真正的高贵和自由的精神是永远不会被铁笼禁锢住的，即使身处困境仍应保有强大的生命力和顽强不屈、奋力反抗的勇气。《华南虎》中的诸多意象都具有象征意味，"铁笼"象征着现实世界邪恶势力对自由的禁锢，暗示着知识分子正遭受到凶狠残暴的对待，在被迫害中失去了自由。诗人笔下的华南虎正是一代知识分子的缩影，是身处困境依旧坚守自己的良知和信念、永不屈服的知识分子的写照。牛汉借华南虎的形象赞颂那些在艰难困苦中不屈不挠的生命，表达了自己对顽强的战斗者们深深的敬意。

贺敬之

贺敬之（1924—　　），山东峄县人。中国现当代著名诗人、剧作家。1938年因日寇入侵，流亡到湖北读中学。次年随校赴四川参加救亡运动，开始诗歌创作。1940年进延安鲁迅艺术文学院学习。期间创作的新诗、歌词结集为《并没有冬天》《笑》。与丁毅合作创作的新歌剧《白毛女》，曾获1951年斯大林文学奖。抗战胜利后，在华北联合大学文学院工作。新中国成立后曾任中国戏剧家协会书记处书记、中国文艺研究院院长和文化部代部长等职。代表诗作《回延安》《桂林山水歌》《西去列车的窗口》《雷锋之歌》等；著有诗集《乡村之夜》《朝阳花开》《放歌集》《贺敬之诗选》《回答今日的世界》等。

桂林山水歌[1]

云的神呵，雾中的仙，
神姿仙态桂林的山！

情一样深呵，梦一样美，
如情似梦漓江的水！

水几重呵，山几重？
水绕山环桂林城……

是山城呵，是水城？
都在青山绿水中……

呵！此山此水入胸怀，
此时此身何处来？

……黄河的浪涛塞外的风。
此来关山千万重。

马鞍上梦见沙盘上画：
"桂林山水甲天下"……

呵！是梦境呵，是仙境？
此时身在独秀峰！

心是醉呵，还是醒？
水迎山接入画屏！

画中画——漓江照我身千影，
歌中歌——山山应我响回声……

招手相问老人山，
云罩江山几万年？

——伏波山下还珠洞，
室珠久等叩门声……

鸡笼山一唱屏风开，
绿水白帆红旗来！

大地的愁容春雨洗，
请看穿山明镜里——

呵！桂林的山来漓江的水——

祖国的笑容这样美！

桂林山水入胸襟，
此景此情战士的心——

江山多娇人多情，
使我白发永不生！

对此江山人自豪，
使我青春永不老！

七星岩去赴神仙会，
招呼刘三姐呵打从天上回……

人间天上大路开，
要唱新歌随我来！

三姐的山歌十万八千箩，
战士呵，指点江山唱祖国……

红旗万梭织锦绣，

海北天南一望收！

塞外的风沙呵黄河的浪，

春光万里到故乡。

红旗下：少年英雄遍地生——

望不尽：千姿万态"独秀峰"！

——意满怀呵，情满胸，

恰似漓江春水浓！

呵！汗雨挥洒彩笔画——

桂林山水——满天下！……

1959 年 7 月初稿

1961 年 8 月整理于北戴河

注 释

〔1〕原载《人民文学》1961 年 10 月号。

鉴 赏

　　常言道"桂林山水甲天下"，《桂林山水歌》是贺敬之描写桂林
山水的抒情诗名篇。山水之美本是不易描写的，实写缺灵动，虚写
显空泛。《桂林山水歌》的可贵之处在于诗人将桂林山水之美虚化，
又将对祖国壮美山河的赞叹之情实化。诗歌前半部分以奇绝的比喻
和想象勾勒山河之美，开篇即以"神姿仙态"喻桂林的山，又以"如
情似梦"赞漓江的水，将读者带入桂林山水如梦如幻、宛若仙境的
想象之中，顿生"此时此身何处来"之感。醉心山水之后，诗人紧
接着在诗歌的后半部分直抒对社会主义伟大祖国的赞颂与热爱，生
发"江山多娇人多情，／使我白发永不生！／对此江山人自豪，／
使我青春永不老！"的慨叹，显示了仙境虽美仍偏爱人间桂林山水
之情。贺敬之将桂林山水的梦幻空灵与对伟大祖国壮美山河的赞叹
结合在一起，虚实相生，尽管诗作仍带有时代颂歌的意味，但其将
赞颂之情融入桂林山水壮阔的景色之中，读来全然不显勉强、造作。
在诗歌结构上，《桂林山水歌》诗行简短，诗体虽长但讲究节奏韵律，
体现了新山水诗的艺术风貌。

回 延 安 [1]

一

心口呀莫要这么厉害地跳，
灰尘呀莫把我眼睛挡住了……

手抓黄土我不放，
紧紧儿贴在心窝上。

……几回回梦里回延安，
双手搂定宝塔山。

千声万声呼唤你
——母亲延安就在这里！

杜甫川唱来柳林铺笑，
红旗飘飘把手招。

白羊肚手巾红腰带，
亲人们迎过延河来。

满心话登时说不过来，
一头扑在亲人怀。

二

二十里铺送过柳林铺迎，
分别十年又回家中。

树梢树枝树根根，
亲山亲水有亲人。

羊羔羔吃奶眼望着妈，
小米饭养活我长大。

东山的糜子西山的谷，
肩膀上的红旗手中的书。

手把手儿教会了我，
母亲打发我们过黄河。

革命的道路千万里，
天南海北想着你……

三

米酒油馍木炭火，
团团围定炕上坐。

满窑里围得不透风，
脑畔上还响着脚步声。

老爷爷进门气喘得紧：
"我梦见鸡毛信来——可真见亲人……"

亲人见了亲人面，
欢喜的眼泪眼眶里转。

"保卫延安你们费了心，
白头发添了几根根。"

团支书又领进社主任，
当年的放羊娃如今长成人。

白生生的窗纸红窗花，
娃娃们争抢来把手拉。

一口口的米酒千万句话，
长江大河起浪花。

十年来革命大发展，
说不尽这三千六百天……

四

千万条腿来千万只眼，
也不够我走来也不够我看！

头顶着蓝天大明镜，

延安城照在我心中：

一条条街道宽又平，
一座座楼房披彩虹；

一盏盏电灯亮又明，
一排排绿树迎春风……

对照过去我认不出了你，
母亲延安换新衣。

五

杨家岭的红旗呵高高地飘，
革命万里起浪潮！

宝塔山下留脚印，
毛主席登上了天安门！

枣园的灯光照人心，
延河滚滚喊"前进"！

赤卫队，青年团，红领巾，

走着咱英雄几辈辈人……

社会主义路上大踏步走，

光荣的延河还要在前头！

身长翅膀吧脚生云，

再回延安看母亲！

1956年3月9日，延安

注 释

〔1〕选自《放歌集》，人民文学出版社1978年版。

鉴 赏

《回延安》是诗人贺敬之新中国成立后使用陕北信天游体创作的一首政治抒情诗，诗歌以朴素的语言、真挚而热烈的情感，表达了自己重回阔别多年的故乡延安时激动喜悦的心情和所见所感。全诗由五部分构成：第一部分描写了诗人时隔十年终于再次踏上母亲

延安的土地，在亲人们的热烈迎接中，诗人激动的心情溢于言表；第二部分是诗人回溯曾经在延安生活时的美好记忆，十年前他为了实现心中理想，告别亲人远离家乡，投入伟大的革命事业中去，但心中始终惦念着故乡延安；在第三部分，诗人将视角重新拉回当下，描绘了诗人回到延安与亲人们相聚时的热闹场面，展现了革命者与广大人民天然而亲切的血脉联系；第四部分诗人将所见的延安与记忆中的延安相对比，描写了延安焕然一新的新景象，赞叹故乡延安在崭新的时代下发生了翻天覆地的变化；最后一部分则重在抒情，诗人回顾了延安在革命过程中的重要贡献，同时展望了延安在社会主义之路上的美好前景。《回延安》全诗语言通俗质朴，始终洋溢着喜悦欢快的情绪和明亮的底色，在赞美曾养育一代革命者的延安的同时，表达了诗人对社会主义道路的坚定信念和对未来光明前景的期待，是赞颂新时代的一曲政治颂歌。

李 瑛

李瑛（1926—2019），河北丰润人。中国当代诗人。1945年进入北京大学中文系学习，同年开始发表诗歌。后历任《解放军文艺》编辑，解放军文艺出版社社长，全国作协理事，《诗刊》编委、中国人民解放军总政治部文化部部长、全国文联执行副主席等职。诗集《我骄傲，我是一棵树》获得中国作家协会第一届(1979—1982)全国新诗一等奖。代表诗作是《一月的哀思》《哨所鸡鸣》《戈壁日出》等，著有诗集《静静的哨所》《红柳集》《我骄傲，我是一棵树》等。

端　阳 [1]
——祭屈原

历史的伤口，流出
　　第一滴血的这一天
人类最早开放的花朵
　　凋谢了

凋谢了

　　一个民族的心和嘴唇

但仍在燃烧的血

　　和我们诗歌的血

　　　是直系嫡亲

那个憔悴如一根草茎的诗人

　　那个披散着长发哑了嗓子的诗人

　　　那个把悲愤和痛苦刻进肋骨的

　　　　诗人

烟云里，一双草履

踉跄地踏遍荆榛

当那把瘦骨

　　溅起的水花平息之后

所有的江河都迷失了方向

　　使两千年前的鱼

　　　失眠至今

循着哭声

寻向中国文学史的喉咙深处

去把他那

飘曳在江南水草上的带血的

　被剖心裂胆的隐痛腌透的

　　嗤嗤地冒着白烟的火炭般灼人的诗

一行一行地捞出晾干吧

用来织柔软的丝绸

　点作灯火，或

　　铸成闪光的锋刃

于是，我们便有了这一天

用菖蒲的清香

　包粽子的苇叶的清香和

　　诗的清香

酿成的酒

遗来者，祭先人

告诫我们的子孙，不要忘记

滋润了我们民族的生命的根的

　　那副精魂

这就是为什么

太阳

每年都要为我们发一次

讣闻

1993 年 3 月于北京

注 释

〔1〕原载《人民文学》1993 年第 8 期。

鉴 赏

　　《端阳》是诗人李瑛 20 世纪 90 年代创作的一首抒情诗，与他的名作《我骄傲，我是一棵树》和《一月的哀思》相比，这首诗烛照现实的色彩被淡化，取而代之的是诗人瑰丽优美的浪漫主义诗思。"端阳"指是中华民族的传统节日——农历五月初五的端午节，民间又有赛龙舟、包粽子、挂菖蒲的习俗。因战国时期楚国诗人屈原在这一天投江自尽，这一天也被视为是对屈原的祭奠。李瑛的这首《端阳》正是以浪漫主义的抒情方式，以端午为时间节点回溯开创中国浪漫主义诗歌先河的伟大诗人屈原投江的历史时刻。诗人通过形象的刻画在诗中再现了一个为国家、为民族而思虑得形销骨立，却只能含着悲愤和痛苦以结束生命的方式化解心中郁结的伟大诗人——屈原。诗人的笔循着哭声深探至中国文学史的源头，寻找屈原的痕迹以及为了祭奠他而传承下来的种种民俗的发端，"于是，我们便有了这一天"，诗人链接历史和现实、以回溯的眼光跳跃到一年一度的端阳节日的当下："遗来者，祭先人"。随着视角的转移，诗歌的意义也由怀人上升到另一个高度：不要忘记那些为我们的民族、为我们的国家奉献过、牺牲过的前人们。《端阳》在诗体形式上借鉴了楼梯体式，虽然描绘伤感之事却并不留悲怆之情，显示出诗人高超的创作手法。

木心

木心（1927—2011），原名孙璞，字仰中，号牧心，浙江乌镇人。中国当代诗人、文学家、画家。1948年毕业于上海美术专科学校，后任教于浦东高桥中学。1950年后任职于上海工艺美术研究所，期间开始文学创作。新中国成立后曾任上海工艺美术家协会秘书长、杭州绘画研究所所长、交通大学美学理论教授等职。1982年定居美国纽约，2006年回国定居乌镇。代表诗作有《从前慢》《我纷纷的情欲》等，著有诗集《西班牙三棵树》《我纷纷的情欲》《云雀叫了一整天》等。

从前慢 [1]

记得早先少年时
大家诚诚恳恳
说一句　是一句

清早上火车站

长街黑暗无行人

卖豆浆的小店冒着热气

从前的日色变得慢

车，马，邮件都慢

一生只够爱一个人

从前的锁也好看

钥匙精美有样子

你锁了　人家就懂了

注　释

〔1〕选自《云雀叫了一整天》，中国台北印刻文学生活杂志出版有限公司
2012年版。

鉴　赏

　　《从前慢》是诗人木心2011年去世后才开始广为流传的，它曾
一度受到网络媒体的热捧，被广泛转发和传播。一句"从前的日色
变得慢 / 车，马，邮件都慢 / 一生只够爱一个人"更是被无数青年
男女奉为忠贞于爱情的信条。诗歌的语言优美是本诗的另一大亮点，
凝练而有力，单字和双字节，停顿的使用，不拖泥带水。它以风轻

云淡的笔触表达了对从前慢节奏生活的追忆，对淳朴的生活本然状态的怀恋，略带着一丝丝恬然的感伤。《从前慢》虽然只有短短四小节，却浓缩了诗人对"从前"的无限怀恋。整首诗从始至终看似都在呈现诗人过去的种种感受，实际上在对"从前"的描绘的背后，是从前与当下的对比，尽管诗人对"当下"只字未题。从前人们的"诚诚恳恳"、从前的平静安详、从前对爱情的忠贞等等似乎只留存在过去，在精致而动人的诗语外，更是诗人对当下社会现实的思索。快节奏和现代理性科技带来的是社会的发展、物质的发展，快节奏的生活方式却造成心灵的空虚，人际关系的冷漠，甚至人情感的流逝。在这首诗中，木心提出了对现代理性和科技的反思。从前慢，慢的究竟是什么？显然，慢的是人心的单纯与美好。

公 刘

公刘(1927—2003),原名刘耿直,又名刘仁勇,江西南昌人。中国当代诗人、作家。1945年起半工半读中正大学法学院。1946年开始创作诗歌。1949年参加中国人民解放军,次年以新华社记者身份随军入云南。1955年调入中央军委总政治部创作室任创作员。1957年被错划为"右派",1962年到《火花》月刊任编辑。1979年"右派"错案平反,调到安徽,后任安徽文学院院长。代表诗作《运杨柳的骆驼》《上海夜歌》《哎,大森林》《读罗中立的油画〈父亲〉》等,著有诗集《边地短歌》《白花·红花》《离离原上草》《骆驼》《南船北马》《公刘诗选》《梦蝶》等,诗论集《诗路跋涉》《乱弹诗弦》。

哎,大森林! [1]
——刻在烈士饮恨的洼地上

哎,大森林! 我爱你! 绿色的海!
为何你喧嚣的波涛总是将沉默的止水覆盖?

总是不停地不停地洗刷！

总是匆忙地匆忙地掩埋！

难道这就是海？！这就是我之所爱？！

哺育希望的摇篮哟，封闭记忆的棺材！

分明是富有弹性的枝条呀，

分明是饱含养分的叶脉！

一旦竟也会竟也会枯朽？

一旦竟也会竟也会腐败？

我痛苦，因为我渴望了解；

我痛苦，因为我终于明白——

海底有声音说：这儿明天肯定要化作尘埃，

假如，今天啄木鸟还拒绝飞来。

1979. 8.12. 沈阳

注 释

〔1〕选自《公刘诗选》，江西人民出版社 1987 年 3 月版。

鉴赏

　　诗人公刘是伴随着共和国一同成长起来的中国当代诗人，在新中国成立初期的诗坛异常活跃，留下许多佳作名篇。公刘曾说在创作上，他一生都在追求真诚、追求朴素、追求新鲜感、追求美，透过诗歌来看，可以说公刘是不负此生所求的。《哎，大森林》是其20世纪70年代创作的一首饱含现实讽喻色彩的当代抒情诗。结合其时中国的社会现实来看，五六十年代政治抒情诗高亢的调子和澎湃于诗行间的激情逐渐冷却，取而代之的是对现实的深沉凝视和沉痛的反思。在这首诗中，公刘将自己对现实的思考、将内心的疑惑、纠结与不安通通借助与"大森林"的"对话"倾吐出来。整首诗最鲜明的特点是诗人在前后两节中都先直白地表露自我内心的困惑和疑问，尽管诗作的情感基调是出于对"大森林"深沉的热爱，但诗人仍然抛出自己的疑问：难道这就是海？它孕育希望，却又因匆忙地对历史的洗刷和掩埋成为"封闭记忆的棺材"。在第二节，诗人剖析了内心深处的双重痛苦：思索的痛苦和清醒的痛苦。诗作的最后两行诗人婉转提出警示——"大森林"需要"啄木鸟"的医救，否则也将面临枯朽和腐败。整首诗语言平实又饱含真诚，昭示了诗人对现实的反思和强烈的社会责任感。

流沙河

流沙河（1931—2019），原名余勋坦，四川金堂人。中国当代著名诗人。1949年考入四川大学农业化学系，新中国成立后至1956年历任《川西农民报》副刊编辑、四川省文联创作员、《四川群众》编辑。1957年任《星星》月刊编辑，同年因诗作《草木篇》惨遭批斗，1979年调回四川省文联。代表诗作有《草木篇》《理想》《故园九咏》，著有诗集《农村夜曲》《流沙河诗选》《游踪》《故园别》。

草 木 篇 [1]

"寄言立身者，勿学柔弱苗。"——唐　白居易

白　杨

她，一柄绿光闪闪的长剑，孤伶伶地立在平原，高指蓝天。也许，一场暴风会把她连根拔去。但，纵然死了吧，她的腰也不肯向谁弯一弯！

藤

他纠缠着丁香，往上爬，爬，爬……终于把花挂上树梢。丁香被缠死了，砍作柴烧了。他倒在地上，喘着气，窥视着另一株树……

仙人掌

她不想用鲜花向主人献媚，遍身披上刺刀。主人把她逐出花园，也不给水喝。在野地里，在沙漠中，她活着，繁殖着儿女……

梅

在姐姐妹妹里，她的爱情来得最迟。春天，百花用媚笑引诱蝴蝶的时候，她却把自己悄悄地许给了冬天的白雪。轻佻的蝴蝶是不配吻她的，正如别的花不配被白雪抚爱一样。在姐姐妹妹里，她笑得最晚，笑得最美丽。

毒菌

在阳光照不到的河岸，他出现了。白天，用美丽的彩衣，黑夜，用暗绿的磷火，诱惑人类。然而，连三岁孩子也不去采他。

因为，妈妈说过，那是毒蛇吐的唾液……

1956 年 10 月 30 日成都

注 释

〔1〕原载《星星》诗刊 1957 年 1 月创刊号。

鉴 赏

　　毫无疑问，在中国现当代诗歌经典中，《草木篇》是独特的存在。它是诗人流沙河在 1956 年，为响应"双百方针"的号召而作。次年，因这首诗而起的"草木篇诗案"，却使流沙河沦为"右派"，命运从此发生了悲剧性的转折。《草木篇》给人最直观的感受应该是其艺术上的创新，流沙河一改传统的诗歌体式，以散文式的语体入诗，形成了独特的诗歌样貌。诗人以白居易《有木诗八首》中的一句"寄言立身者，勿学柔弱苗"为全诗定下警世喻人的基调。全诗由描写白杨、藤、仙人掌、梅、毒菌五种植物的五个诗节构成，诗人使用托物言志的艺术手法，将五种植物拟人化，逐一揭示它们各自的性格特点：白杨的挺拔、藤的损人利己、仙人掌的顽强、梅的高洁以及毒菌的阴险。整首诗流露出流沙河明确而强烈的爱憎情绪——对美的人格的赞誉，对丑和恶的人性的批判，也显现出诗人渴望保持精神独立，追求顽强、正直、高洁品质的人生态度。

洛　夫

洛夫（1928—2018），原名莫洛夫、莫运端，湖南衡阳人。中国现当代著名诗人，被诗坛誉为"诗魔"。1949 年离乡赴台湾。1953 年与纪弦创办诗刊《现代诗》。1954 年与张默、痖弦共同创办诗刊《创世纪》。2001 年凭借长诗《漂木》获诺贝尔文学奖提名。现旅居加拿大温哥华。代表诗作有《边界望乡》《与李贺共饮》《长恨歌》《烟之外》等，出版诗集《时间之伤》《灵河》《石室之死亡》《众荷喧哗》《因为风的缘故》《月光房子》《漂木》等。

边界望乡 [1]

说着说着
我们就到了落马洲

雾正升起，我们在茫然中勒马四顾
手掌开始生汗
望远镜中扩大数十倍的乡愁

乱如风中的散发
当距离调整到令人心跳的程度
一座远山迎面飞来
把我撞成了
严重的内伤

病了病了
病得像山坡上那丛凋残的杜鹃
只剩下唯一的一朵
蹲在那块"禁止越界"的告示牌后面
咯血。 而这时
一只白鹭从水田中惊起
飞越深圳
又猛然折了回来

而这时，鹧鸪以火发音
那冒烟的啼声
一句句
穿透异地三月的春寒
我被烧得双目尽赤，血脉偾张

你却竖起外衣的领子，回头问我
冷，还是
不冷？

惊蛰之后是春分
清明时节该不远了
我居然也听懂了广东的乡音
当雨水把莽莽大地
译成青色的语言
喏！你说，福田村再过去就是水围
故国的泥土，伸手可及
但我抓回来的仍是一掌冷雾

后　记

　　1979 年 3 月中旬应邀访港，16 日上午余光中兄亲自开车陪我参观落马洲之边界，当时轻雾氤氲，望远镜中的故国山河隐约可见，而耳边正响起数十年未闻的鹧鸪啼叫，声声扣人心弦，所谓"近乡情怯"，大概就是我当时的心境吧。

一九七九·六·三

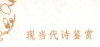

注 释

〔1〕选自《因为风的缘故》，中国台北九歌出版社 1988 年版。

鉴 赏

顾名思义，《边界望乡》是一首怀乡诗，记录了诗人洛夫在余光中的陪伴下，于香港边界落马洲参观时的"近乡情怯"。洛夫开篇直白，以"说着说着／我们就到了落马洲"猝不及防地将读者直接带入诗境，毫不矫饰拖沓。掌心的微汗、于风中凌乱如散发的乡愁，无一不在强调诗人眺望故乡时内心涌动着的期许与激动。望远镜中远山的"冲撞"，搅扰着诗人心中的慌乱与不安。如血般的杜鹃花、猛然折回的白鹭、鹧鸪火般的啼叫带来了视觉与听觉双重感受的交织，使诗人内心如燃火一般激起对故乡的热烈渴望。然而，同伴的一句"冷，还是／不冷"又将诗人拉回到彼时的现实之中，他随之想到春分之后的清明节和依旧能听得懂的广东的乡音，此间种种，皆与故乡有关。故乡在望远镜中仿若伸手可及，诗人猛然伸出手去，试图再一次亲近朝思暮想的故乡，抓回来的却仍是一掌的冷雾。洛夫在《边界望乡》中先将乡愁实化为可看、可听、可感的具体意象，在结尾又将其虚化为一掌冷雾，在乡愁的一实一虚中，饱含着诗人面对故乡可望而不可即、可得而终不得的惆怅和感伤。

因为风的缘故 [1]

昨日我沿着河岸

漫步到

芦苇弯腰喝水的地方

顺便请烟囱

在天空为我写一封长长的信

潦是潦草了些

而我的心意

则明亮亦如你窗前的烛光

稍有暧昧之处

势所难免

　因为风的缘故

此信你能否看懂并不重要

重要的是

你务必在雏菊尚未全部凋零之前

赶快发怒，或者发笑

赶快从箱子里找出我那件薄衫子

赶快对镜梳你那又黑又柔的妩媚

然后以整生的爱

点燃一盏灯

我是火

随时可能熄灭

　　因为风的缘故

1981.1.8

〔1〕选自《洛夫诗选》，中国友谊出版公司 1993 年 3 月版。

鉴 赏

　　洛夫曾明确地表示诗作《因为风的缘故》是写给妻子琼芳的一首爱情诗，这使得情诗的解读视角成为理解这首诗歌的重要方向。诚然，整首诗满载了诗人洛夫对爱人无尽的相思与依恋之情，但诗人却在情感浓烈处体现出情绪的克制，这使得全诗在漫溢着一种清新而朦胧的优美质感之外，更体现出洛夫成熟而精湛的诗歌创作技法。尽管这是一首情诗，洛夫却极尽含蓄，在意象的选取上可见一斑：由引发相思之情的"芦苇"联想到远方的佳人，思念之情如此强烈以至于诗人要以整片天空为信纸，为爱人写一封长长的"情书"。洛夫抓住融入天空的炊烟的实际形态使相思的情绪形态化，又以烛光作喻使自己坚贞的情感可视化，同时又再一次使情绪虚化——"因为风的缘故"。第二节的内容更为明朗，作为第一节的承接，洛夫将情绪主体由传递主体转向接受主体——爱人的感受，而这种感受的描绘也可被视为是"我"相思时对爱人的幻想，诗人含蓄地表明自己如火般炙热的情感，极度渴望得到爱人的回应，洛夫以三个"赶快"表明自己情感之急切，同时也使全诗的情绪从第一节的恬静和缓推向明确与热烈。而在诗作的结尾，洛夫再一次收束住了情感的肆意倾泻，似乎又恢复了克制和冷静——"我"是火，热烈的燃烧却又随时可能熄灭，这使得整首诗的内涵在情绪的起伏中，在一种淡淡的落寞中最终归于平静。

余光中

余光中（1928—2017），福建永春人。中国当代著名诗人、批评家和散文家。1950年赴台，两年后毕业于台湾大学外文系，1959年获美国爱荷华大学艺术硕士。1953年，与覃子豪、钟鼎文等共同创办"蓝星诗社"。自1956年起先后任教于台湾东吴大学、台湾师范大学、台湾大学和台湾政治大学。受美国国务院邀请，两次赴美大学任客座教授。代表诗作有《乡愁》《等你，在雨中》等，著有诗集《舟子的悲歌》《莲的联想》《在冷战的年代》《白玉苦瓜》《天狼星》《紫荆赋》《守夜人》等。

乡　愁 [1]

小时候
乡愁是一枚小小的邮票
我在这头
母亲在那头

长大后
乡愁是一张窄窄的船票
我在这头
新娘在那头

后来啊
乡愁是一方矮矮的坟墓
我在外头
母亲在里头

而现在
乡愁是一湾浅浅的海峡
我在这头
大陆在那头

1961 年 1 月 21 日

注 释

〔1〕选自《白玉苦瓜》，中国台北大地出版社 1974 年版。

鉴 赏

　　《乡愁》是中国当代诗歌中颇负盛名的怀乡诗，余光中也因此被誉为"乡愁诗人"。整体上四节诗体式、字数相同，语言简而不浅，不仅呈现出结构上的整齐划一，也达到了韵律上的和谐统一。与余光中其他诗作相比，《乡愁》之美不在语言之精巧，不在形式之独特，而在于乡愁情思之真切。诗人每节都以乡愁作喻使全诗情绪层层递进，将不易言说的、抽象的思乡之情，寄托在具象化的意象之上，"邮票""船票""坟墓"简单意象的选用极易引发读者的联想与共鸣，每一小节实际上都体现出阻隔与分离的主题。"母亲"这一意象在整首诗中既代表着真实的具象的母亲，也象征着与台湾骨肉分离的祖国母亲。伴随抒情主人公的成长，阻隔的痛与怀乡的思在最后一节全面爆发并升华到一个新的高度——从对个体、小家的思念和怀恋上升到对故乡的渴盼。一抹淡淡的乡愁背后是诗人对故乡浓浓的眷恋与深情，以及渴盼台湾早日回归母亲的怀抱、祖国能够早日统一的美好愿望与憧憬。余光中在《乡愁》中以"小时候—长大后—后来啊—而现在"四个节点作为时间线索，以"现在"收束全诗，正隐喻了诗人对乡愁能在今朝得以疏解的期待。

痖 弦

痖弦（1932—　　），原名王庆麟，河南南阳人。中国当代诗人。1949年在湖南入伍，随军到台湾。1953年台湾政工干校影剧系毕业，至台湾海军陆战队服务；同年开始发表诗作。1954年与张默、洛夫创办《创世纪》诗刊。1966年赴美国爱荷华大学国际作家工作室为访问作家，1968年回台湾，出版诗集《深渊》。1971年退伍。1975年任幼狮文化公司总编辑，兼在东吴大学中文系任教。1977年后曾任《联合报》副刊主编、《联合报》副总编，并兼任国立艺术学院副教授。代表诗作是《红玉米》《如歌的行板》《上校》等，著有诗集《痖弦诗抄》《痖弦诗集》。

红 玉 米 [1]

宣统那年的风吹着

吹着那串红玉米

它就在屋檐下

挂着

好像整个北方

整个北方的忧郁

都挂在那儿

犹似一些逃学的下午

雪使私塾先生的戒尺冷了

表姊的驴儿就拴在桑树下面

犹似唢呐吹起

道士们喃喃着

祖父的亡灵到京城去还没有回来

犹似叫哥哥的葫芦儿藏在棉袍里

一点点凄凉，一点点温暖

以及铜环滚过岗子

遥见外婆家的荞麦田

便哭了

就是那种红玉米

挂着，久久地

在屋檐底下

宣统那年的风吹着

你们永不懂得

那样的红玉米

它挂在那儿的姿态

和它的颜色

我底南方出生的女儿也不懂得

凡尔哈仑也不懂得

犹似现在

我已老迈

在记忆的屋檐下

红玉米挂着

一九五八年的风吹着

红玉米挂着

1957 年 12 月 19 日

注 释

〔1〕选自《痖弦诗选》，四川文艺出版社 1987 年 2 月版。

鉴 赏

《红玉米》是台湾诗人痖弦 1957 年创作的一首意象鲜明的怀乡诗。挂在屋檐下的那串红玉米是诗人故乡的一个缩影，寄托了诗人浓烈的思乡之情。痖弦写乡愁，却并没有将乡愁无限制地放大和虚化，而是通过一个具体可感、日常化的、乡土化的"红玉米"作为象征物，这一意象让诗人瞬间回忆起自己依旧铭记着的童年往事中的淡淡感伤——祖父的死亡、遥望外婆家麦田时的哭泣……"红玉米"的意象既是家乡的缩影，更是一个时代的缩影："好像整个北方 / 整个北方的忧郁 / 都挂在那儿"，痖弦并没有单纯地将"红玉米"的意象局限于个人的家国情思里，更以深刻的隐喻暗含了对整个北方过往的观照。诗人在诗歌的前半部分一直着力于阐释这代表着家乡的"红玉米"的寓意，却在后两节反转似的拒绝了他人对这一意象的理解："你们永不懂得"，它悬挂时的形态和颜色是与深沉而充满苦难的北方大地紧密相连的。在结尾诗人再一次重复了"红玉米挂着""红玉米挂着"，至此，"红玉米"作为一个时代的象征已经完全地成为过去、成为历史，它只存在于亲历过那个时代的人们的记忆中，成为不可磨灭的生命的印记。这首《红玉米》平实而真诚，绝非用以炫技之作，而是重在情感，感人至深。

邵燕祥

邵燕祥（1933—2020），北京人，原籍浙江绍兴。中国当代诗人、散文家、评论家。毕业于北平中法大学法文系。1949年起到北京新华广播电台工作。1958年被错划为"右派"，1979年平反。1978年任《诗刊》编辑部主任和副主编。曾任中国作家协会第三、四届理事、主席团委员。诗集《在远方》曾获得1979—1982年优秀新诗一等奖。代表诗作有《到远方去》《中国的汽车呼唤着高速公路》《假如生活重新开头》等，著有诗集《献给历史的情歌》《在远方》《如花怒放》《迟开的花》，诗歌评论集《赠给十八岁的诗人》《晨昏随笔》等。

假如生活重新开头 [1]

假如生活重新开头，
我的旅伴，我的朋友——
还是迎着朝阳出发，
把长长的身影留在背后。

愉快地回头一挥手！

假如生活重新开头，
我的旅伴，我的朋友——
依然是一条风雨的长途，
依然不知疲倦地奔走。
让我们紧紧地拉住手！

假如生活重新开头
我的旅伴，我的朋友——
我们仍旧要一齐举杯，
不管是甜酒还是苦酒。
忠实和信任最醇厚！

假如生活重新开头
我的旅伴，我的朋友——
还要唱那永远唱不完的歌，
在喉管没有被割断的时候
该欢呼的欢呼，该诅咒的诅咒！

假如生活重新开头，
我的旅伴，我的朋友——
他们不肯拯救自己的灵魂，
就留给上帝去拯救！……
阳光下毕竟是白昼！

时间呀，时间不会倒流，
生活却能够重新开头。
莫说失去的很多很多，
我的旅伴，我的朋友——
明天比昨天更长久！

1979 年 11 月 19 日

注 释

〔1〕选自《含笑向七十年代告别》，江苏人民出版社 1981 年 1 月版。

鉴 赏

20 世纪 70 年代末的中国迎来了新的历史转折点。经历了十年
历史的风云际会与个人命运的沉浮，诗人邵燕祥在这首《假如生活

重新开头》中表达了自我内心对苦难的认知、对过去的反思以及对未来的希望。这首诗胜在真情，它既是诗人借以真诚感谢过去在"风雨长途"的路上，与其携手共度的旅伴、朋友们，感谢彼此间的忠诚和信任，同样也是诗人对自我获得新生般的喜悦之情的流露。面对过往种种的苦难、面对已经重新开启的新的生活，诗人没有表达憎恨或是感伤的情绪，他看似轻描淡写地要"把长长的身影留在背后。/ 愉快地回头一挥手"，实则表明了逝去时光永不能被寻回，唯有勇敢地、乐观地重新开启新的生活，迎接新的时代的曙光。尽管邵燕祥在乐观的情绪中对重新开启美好生活怀揣憧憬，却仍保持着一个知识分子对社会、对时代的责任感与警醒：即便新的生活将要开启，即便在过去经受磨难，也依旧要保持本真和直言的个性，"该欢呼的欢呼，该诅咒的诅咒！"诗歌最后，诗人乐观地期盼着即将重新开启的生活，坚定地呼吁人民要相信未来的生活必将充满光明。整首诗前五节都以"假如"引出畅想和反思，而末节却以坚定的口吻肯定了生活必将重新开头，从而形成了诗歌情绪上的起伏，达到了很好的抒情效果。

郑愁予

郑愁予（1933—　　），原名郑文韬，山东济南人。中国当代著名诗人。少年时随母亲辗转各地避难。15岁开始创作新诗。1949年随父到台湾。1955年在台湾出版第一本诗集《梦土上》，1956年参与创立现代派诗社。1958年毕业于台湾中兴大学。1985年获耶鲁大学无限期续聘。1990年至1992年任台湾《联合文学》总编辑。现居美国，于耶鲁大学任教。代表诗作是《错误》《雨说》《寂寞的人坐着看花》《梦土上》《衣钵》《窗外的女奴》《雪的可能》《燕人行》等，著有诗集《郑愁予诗选》《郑愁予诗集Ⅰ》。被称为"浪子诗人"。

错　误 [1]

我打江南走过

那等在季节里的容颜如莲花的开落

东风不来，三月的柳絮不飞

郑愁子

你底心如小小的寂寞的城

恰若青石的街道向晚

跫音不响，三月的春帷不揭

你底心是小小的窗扉紧掩

我达达的马蹄是美丽的错误

我不是归人，是个过客……

1954 年

注 释

〔1〕选自《台湾现代诗选》，春风文艺出版社 1987 年版。

鉴 赏

　　能够以现代诗歌的语言和形式，使诗歌呈现出极致的东方意蕴和古典意境之美的中国现当代诗歌，相信很多人首先想到的，该是多次出现在教科书中的《错误》。郑愁予的《错误》并不是一首简单的抒情诗，准确地说，它是一首闺怨诗。诗人以一句"我打江南走过"将读者带入一个充满古典韵味的情境之中：三月的江南，闺中女子依旧苦苦等待良人归来，不顾容颜和青春的易逝。诗人以东

风和跫音指代女子等待的良人，而柳絮不飞、春帷不揭、窗扉紧掩则侧面描写出女子等待中难掩的枯寂。当"我"以达达的马蹄声再一次唤起女子心中的希望和期盼时，诗人以"我不是归人，是个过客"使闺中女子的期盼再次落空，使这美丽的错误之中包含着温柔的感伤。这种现代诗中的古典氛围的营造，一方面得益于诗人对"莲花""东风""柳絮""跫音""春帷"等唯美古典意象的选用，以及仿古的、小令般的句子结构的使用——例如"恰若青石的街道向晚"实际上是"恰若向晚的青石街道"；另一方面，则是整首诗影射的思妇和浪子的诗歌主题，极易使读者将其与古体诗词中的闺怨思妇诗相联结，进而将一种蕴含着淡淡哀怨的古典韵味带入对整首诗的感受之中。

昌 耀

昌耀（1936—2000），原名王昌耀，湖南桃源人。1950年
参加中国人民解放军，1953年在朝鲜负伤致残转入河北省文
联任创作员、编辑。1954年开始发表作品。1955年调入青海
省文联。1957年因被划成"右派"颠沛于青海垦区。1979年
平反后回青海省文联。1988年任青海省作家协会副主席、中国
作家协会青海分会副主席。代表诗作有《斯人》《内陆高迥》《凶
年逸稿》《鹿的角枝》等，著有诗集《昌耀抒情诗集》《命运之书》
《一个挑战的旅行者步行在上帝的沙盘》《昌耀诗文总集》等。

内陆高迥〔1〕

内陆。一则垂立的身影。在河源。
谁与我同享暮色的金黄然后一起退入月亮宝石？

孤独的内陆高迥沉寂空旷恒大
使一切可能的轰动自肇始就将潮解而失去弹性。

而永远渺小。

孤独的内陆。

无声的火曜。

无声的崩毁。

一个蓬头垢面的旅行者西行在旷远的公路，一只燎黑了的铝制饭锅倒扣在他的背囊，一根充作手杖的棍棒横抱在腰际。他的鬓角扎起。兔毛似的灰白有如霉变。他的颈弯前翘如牛负轭。他睁大的瞳仁也似因窒息而在喘息。我直觉他的饥渴也是我的饥渴。我直觉组成他的肉体的一部分也曾是组成我的肉体的一部分。使他苦闷的原因也是使我同样苦闷的原因，而我感受到的欢乐却未必是他的欢乐。

而愈益沉重的却只是灵魂的寂寞。

谁与我同享暮色的金黄然后一起退入月亮宝石？

一个蓬头的旅行者背负行囊穿行在高迥内陆。

不见村庄。不见田垄。不见井垣。

远山粗陋如同防水布绷紧在巨型动物骨架。

沼泽散布如同鲜绿的蛙皮。

一个挑战的旅行者步行在上帝的沙盘。

河源

一群旅行者手执酒瓶伫立望天豪饮，随后
将空瓶猛力抛掷在脚底高迥的路。
一次准宗教祭仪。
一地碎片如同鳞甲而令男儿动容。
内陆漂起。

1988.12.12

注 释

〔1〕选自《昌耀诗文总集》，作家出版社 2010 年 10 月版。

鉴 赏

　　西部诗人昌耀的创作始于 20 世纪五六十年代，而其真正受到
诗坛瞩目则是 80 年代以后的事情。昌耀的诗歌总是浸透着一种悲
壮而深沉的力量，伴有浓烈的宗教色彩，他的语言刚劲有力，带着
西部世界特有的粗糙感。《内陆高迥》是昌耀 80 年代的作品，以带
着汗味的、粗糙的方式刻画了一个旅人的形象，这个蓬头垢面的旅
行者向上帝发起了挑战。"一则垂立的身影"开启了这个殉道者独

自前进和追寻的旅程。面对永恒的时间和无限的空间，人永远渺小而孤独，这漫长的旅行中诗人发出痛苦的悲鸣："谁与我同享暮色的金黄然后一起退入月亮宝石？"唯有孤独，永恒的孤独。诗人的思考已经跳脱出单纯的人的生存的问题，而是关注人生存的空间与时间的联系。从第三节开始，昌耀利用散文式的笔法极致雕琢着旅行者的外形，同时将"我"与这旅行者的感受重叠，又在其后将二者剥离开来。"我"既是一个观者，又是一个体验者，这种视角的转换更为精细地刻画出旅行者的孤独与悲壮。昌耀长于使用宏大的意象以渲染出诗歌整体上的感受的恢宏，往往带有神秘的色调。在语言上，诗歌异常凝练而精准，体现出诗人超常的理性与克制。可以说，《内陆高迥》具有代表性地呈现出昌耀诗歌的大气之风。

叶维廉

叶维廉（1937—   ），广东中山人。中国当代诗人。1948年到香港，1955年转至台湾，就读于台湾大学外文系，1959年毕业后入台湾师范大学英语研究所学习，1963年赴美国爱荷华大学诗创作研究班学习，1964年转入普林斯顿大学攻读比较文学。1967年赴加利福尼亚州立大学任教。1980年任香港中文大学比较文学和翻译中心教授。1982年回加州大学任教。代表诗作是《愁渡》《箫孔里的流泉》《赋格》《暖暖矿区的夕暮》，著有诗集《赋格》《愁渡》《醒之边缘》《野花的故事》《花开的声音》《松鸟的传说》等。

愁渡（给灼）[1]（节选）

第二曲

悠悠的杨花翻飞

在澄明的阳光里

鸽子含着微云而侵岭路

那时你倚着窗台一如你倚着裙子

　　（檀香幽幽的烧着）

在窗外放剪花的船

　　而斑驳的豹脊

起伏着起伏着。你说：

风绕过了帝王谷以后

白天和鸟鸣如星细落

引擎密密麻麻的音爆里

有大城斜斜的开了许多畦的花

　　　使夜

　　　如你

倚着裙子；玉臂的清寒

无边缘的凝视

任溜冰刀霍霍的切入

寂寂的圆里。

就是这样的，王说，

你也不必因见不到莽莽的海而愁伤

倚着窗台

我们共听血脉里的潮涌

　　　　　　　　　1967 年年底于加州小镇梭朗那海滩

注　释

〔1〕选自《叶维廉诗选》，中国友谊出版公司 1993 年版。

鉴　赏

　　这首《愁渡》是诗人叶维廉早期创作的一首长诗，全诗由五曲构成，是其以现代诗歌的艺术技巧与中国古典诗艺相结合的一首代表作。1963 年，叶维廉赴美求学，这首《愁渡》尽管标明是送给儿子的诗，实际上它呈现的却是诗人自己"愁渡"过程中的漂泊感受。叶维廉说，在创作《愁渡》时，自己正游离于大传统以外的空间，深沉的忧时忧国的愁结、郁结，使他在古代与现代的边缘上徘徊、冥想和追索传统的持续。因此，《愁渡》一诗中隐含的放逐般的伤感情绪便不难理解了。整首诗带有浓郁的古典气息，叶维廉将其对古典诗歌美学的迷醉融入自己的创作之中，第二曲中第一句就以象征着离愁别绪和飘零之感的"杨花"埋伏下感伤的调子，而"你"与"王"的对话又将情景带回到古典诗歌的意境之内。然而诗人表达的却是一种现代的情绪，叶维廉大量地取消或者说省略了诗句中的主语，使整首诗因主语的缺失带来视角的多维性，这显然是一种现代诗歌的创作技法。诗中清冷幽静的格调一方面源于如"玉臂的清寒""溜冰刀霍霍地切入"等形容的使用，另一方面源于用词的

凝练而冷静，透着一股"寂寂"般的无温的沉默。而最后两句句"倚着窗台／我们共听血脉里的潮涌"算是切实地外露了诗人内心不可遏制的潮涌般的愁渡之悲。

杨 牧

杨牧（1940—2020），原名王靖献，曾用笔名叶珊，台湾花莲人。中国当代诗人。1952年后开始发表散文和诗歌，1963年毕业于台湾东海大学外文系。1964年去美国留学，获爱荷华大学艺术硕士，加利福尼亚大学比较文学博士。1965年任《现代文学》杂志编委。曾任教于美国马萨诸塞大学、普林斯顿大学及台湾大学，后为西雅图华盛顿大学教授。代表诗作有《水之湄》《让风朗诵》等，著有诗集《水之湄》《灯船》《传说》《瓶中稿》《禁忌的游戏》《完整的寓言》等。

水 之 湄 [1]

我已在这儿坐了四个下午了
没有人打这儿走过——别谈足音了

（寂寞里——）

凤尾草从我袴下长到肩头了

不为什么地掩住我

说淙淙的水声是一项难遣的记忆

我只能让它写在驻足的云朵上了

南去二十公尺，一棵爱笑的蒲公英

风媒把花粉飘到我的斗笠上

我的斗笠能给你什么啊

我的卧姿之影能给你什么啊

四个下午的水声比做四个下午的足音吧

倘若它们都是些急躁的少女

无止的争执着

——那么，谁也不能来，我只要个午寐

哪！谁也不能来

一九五八

注 释

〔1〕选自《杨牧诗集Ⅰ 1956—1974》，洪范书店有限公司 1988 年 9 月版。

鉴赏

诗作《水之湄》收于杨牧第一部诗集《水之湄》，充分体现了其早期创作对古典主义美学风格的追求，这一时期杨牧的诗风洗练而优美，带着浪漫主义的情调。诗名取自中国第一部诗歌总集——《诗经》中的《蒹葭》："所谓伊人，在水之湄。"在杨牧笔下，久等伊人而不得的故事被加重了等待过程的苦味。杨牧在诗的开头就揭示了这场"等待"的结果——"没有人打这儿走过"，同时完全阻断了希望的可能——"甚至连足音都没有"。诗人关注的似乎并不是等待的结果，而是等待的过程，他细致描绘了作为等待者的"我"等待过程中的寂寞的情绪，在漫长的时间的消耗中，"我"的注意力似乎已被周围疯狂"生长"的事物——掩住我的凤尾草、淙淙的水声、飘浮的云朵以及一棵爱笑的蒲公英等——而得到分散，漫长的空寂使"我"能够专注地感受周遭，感受到静默时间内的专注与平静。等待无果的落寞情绪犹在，然而等待的意义似乎已被时间消解，于是在最后一节，诗人呈现了等待者对等待意义的某种转变——"谁也不能来，我只要个午寐"，至此背叛了传统文化概念中等待者对结果的执着，而使这一形象带有现代性。杨牧的《水之湄》语言清丽柔美，注重结构，在古典主义的外衣下呈现的实际上是现代人的思考。

席慕蓉

　　席慕蓉（1943—　），全名穆伦·席连勃，内蒙古察哈尔盟明安旗人，蒙古族。中国当代著名画家、诗人、散文家。1943 年生于重庆，1954 年迁至台湾。1963 年于台湾师范大学美术系毕业后，赴欧深造。1966 年毕业于比利时布鲁塞尔皇家艺术学院，随后在台湾多次举办个人画展。1979 年开始在《联合副刊》上发表诗歌。1981 年在台湾出版诗集《七里香》，销量惊人。1990 年编选蒙古现代诗选《远处的星星》。代表诗作有《七里香》《无怨的青春》《一棵开花的树》等，著有诗集《成长的痕迹》《画出心中的彩虹》《时光九篇》《以诗之名》《河流之歌》，诗和散文合集《在那遥远的地方》。

一棵开花的树 [1]

如何让你遇见我

在我最美丽的时刻　为这

我已在佛前　求了五百年

求它让我们结一段尘缘

佛于是把我化做一棵树
长在你必经的路旁
阳光下慎重地开满了花
朵朵都是我前世的盼望

当你走近请你细听
那颤抖的叶是我等待的热情
而当你终于无视地走过
在你身后落了一地的
朋友啊　那不是花瓣
是我凋零的心

1980 年 10 月 4 日

〔1〕选自《过目难忘》，花城出版社 1999 年版。

鉴赏

　　无疑，席慕蓉的抒情诗往往在唯美淡雅之中犹见平静的感伤，她总能将女性的细腻情感、对细小尘事的敏锐捕捉融入自己的诗歌，以铭记那些偶然间生命的顿悟。正如这首名作《一棵开花的树》，其创作缘起不过是诗人乘火车时无意间注意到的一棵开满白色小花的树，虽只是匆匆一瞥，却使诗人在回头注视它的一瞬，感触到这棵树盛开间的慎重与孤独。于是，这棵树在席慕蓉的诗中化身为痴心的女子，前世佛前五百年的祈求换今生与心上人的一段尘缘。然而，阳光下慎重而美丽盛开的花，那因等待的热情而颤抖的叶，终究无用。"你"只是无视地走过，唯有那凋零一地的花瓣暗示着无言的结局。席慕蓉使一棵树的前世今生浸透着生命中期盼的喜悦和失落的苦涩，那一份求而得、得又失的转折，给全诗优美纯净的意境平添了几许感伤。《一棵开花的树》里既没有朦胧又朦胧的意象，也无玄而又玄的哲思，它直白、浅显，却轻而易举地触碰到读者内心柔软的疼痛，这缘于诗歌意象的日常性、情感的普遍性和悲剧性结尾的感伤性。倘若能够疏离将《一棵开花的树》视为单纯爱情诗的理解，或许就更易洞悉其背后的诗人席慕蓉对生命存在意义的体悟：每一个看似普通的生命背后都极有可能蕴藏着不为人知的执念，不论对错，无关结局。

叶延滨

叶延滨（1948—　），黑龙江哈尔滨人。中国当代诗人。1969年高中毕业到延安插队。1971年在延安军马场当农工，1972年到总后2837工程处当干事。1975年开始发表诗歌，1978年考入北京广播学院。1982年到《星星》诗刊工作，历任编辑、副主编、主编。1994年，任教于北京广播学院文学艺术系。1995年任《诗刊》副主编。曾获中国作家协会优秀中青年诗人诗歌奖、第三届中国诗集奖等诸多奖项。代表诗作有《干妈》《爱情是里尔克的豹》等，著有诗集有《不悔》《二重奏》《囚徒与白鸽》《血液的歌声》《禁果的诱惑》《二十一世纪印象》等。

爱情是里尔克的豹 [1]

爱情是动作迅疾的事件
像风，迎面扑来的风
像鹰，发现目标敛翅的鹰

像闪电，你刚发现了又隐没的闪电
从此，一切
都不再和以前一样了

爱情是里尔克的豹
在铁栅那边走啊走啊
而你隔着铁栅
望着那豹发着绿光的眼睛说
等待，还是死亡

爱情是大树
是橡树和青枫
所有枝条都交错的天空
是树下的小花
花儿正初绽露水中的花蕾
是花边的小草
是丛中有一处坟茔
是坟茔里两个人安静地躺着

两个人都在回忆

头一次约会的那个晚上

躺在草丛里

数着满天星……

注 释

〔1〕选自《叶延滨文集·诗歌卷》，光明日报出版社 2004 年版。

鉴 赏

著名奥地利诗人里尔克 1903 年创作过一首咏物诗——《豹》。在这首《爱情是里尔克的豹》里，叶延滨很明显地借用了里尔克诗中"豹"的形象。与里尔克通过咏物的方式表现自己对自由的追求不同，叶延滨化用里尔克的豹则是用以形容爱情。"爱情究竟是什么"似乎是古今中外人们一直在苦苦寻求答案、却永远无法达成共识的问题。叶延滨在这首诗中探讨了自己对这一问题的看法，他认为爱情就是"里尔克的豹"。"爱情"与"豹"之间的关联何在？诗人在诗作的开端便给出了答案：爱情是动作迅疾的事件，像风、像鹰、像闪电、更像疾驰的豹。它似乎来无影去无踪，但当爱情以迅猛的速度突然撞击你的心灵，一切便都改变了——你沦为了爱情的囚徒。紧接着，诗人借助里尔克诗中那个渴望自由、永不放弃希望的豹的形象，象征着受困于爱情中的人们情感的百转千回、苦苦追寻。爱

情由激情归至平静。此时，诗人的笔徒然一转，跳跃至死亡，相爱的人们即使死亡也不能将其分离。诗人将死亡描写得如此云淡风轻，唯美动人，坟茔里的两个人即便死了也要埋葬在一起，而爱情则将是彼此间永恒的回忆……《爱情是里尔克的豹》并不像叶延滨早期诗歌那样以现实主义的描摹取胜，而是紧紧抓住爱情的变幻莫测与猝不及防，并用异常形象的比喻将本来难以言说的抽象的感觉具象化，同时语言清新唯美，虽带着些词语的冷峻，却同样充满了浪漫的气息。

食 指

食指（1948—　），原名郭路生，山东鱼台人。中国当代著名诗人，朦胧诗代表诗人之一，被誉为"朦胧诗鼻祖"。1965 年开始诗歌写作。1968 年，创作代表诗作《相信未来》《这是四点零八分的北京》，第二年离开北京到杏花村插队。1978 年，开始使用笔名食指，次年创作诗歌《热爱生命》。著有诗集《相信未来》《食指　黑大春现代抒情诗合集》《诗探索金库·食指卷》《食指的诗》。2001 年获第三届人民文学奖诗歌奖。

相信未来 [1]

当蜘蛛网无情地查封了我的炉台，
当灰烬的余烟叹息着贫困的悲哀，
我依然固执地铺平失望的灰烬，
用美丽的雪花写下：相信未来。

当我的紫葡萄化为深秋的露水，

当我的鲜花依偎在别人的情怀，
我依然固执地用凝霜的枯藤，
在凄凉的大地上写下：相信未来。

我要用手指那涌向天边的排浪，
我要用手掌那托起太阳的大海，
摇曳着曙光那枝温暖漂亮的笔杆，
用孩子的笔体写下：相信未来。

我之所以坚定地相信未来，
是我相信未来人们的眼睛——
她有拨开历史风尘的睫毛，
她有看透岁月篇章的瞳孔。

不管人们对于我们腐烂的皮肉，
那些迷途的惆怅，失败的苦痛，
是寄予感动的热泪，深切的同情，
还是给以轻蔑的微笑，辛辣的嘲讽。

我坚信人们对于我们的脊骨，

那无数次的探索、迷途、失败和成功，

一定会给予热情、客观、公正的评定。

是的，我焦急地等待着他们的评定。

朋友，坚定地相信未来吧，

相信不屈不挠的努力，

相信战胜死亡的年轻，

相信未来，热爱生命。

1968 年

注 释

〔1〕原载《今天》第 2 期，《诗刊》1981 年第 1 期。

鉴 赏

　　食指写下这首《相信未来》的时候年仅 20 岁，或许那时的他未曾料想到在那段特殊的岁月里，这首诗安慰和鼓舞了多少失去人生方向、倍感失落与迷茫的青年人。整首诗语言生动质朴，意象鲜明，情感真挚浓烈，具有极强的节奏感。诗人借用结满蛛网的炉台、叹息贫困的灰烬、化作露水的紫葡萄以及依偎在他人情怀的鲜花，暗

示过往生命中的美好已经遭到无情的剥夺和摧毁，但"我"却依旧固执地用雪花、用枯藤、用摇曳着的曙光写下：相信未来。孩子般口吻的诗语之下是诗人超越年龄的理性与成熟——对当前社会状态有着清醒认识，但不甘心就此消沉和颓废，即便身处困境，也仍要怀揣理想和希望，永不屈服。被摧毁怎样？惆怅苦痛怎样？被同情被嘲讽又怎样？去日不可改，明朝犹可期，只要坚定不移地相信未来，那"未来"里定会有对被剥夺被摧毁的美好事物、对探索之中的牺牲、对迷途中流逝的青春等等价值的追认，要相信时间和未来会给予一代人最公允的评价。因此，在全诗最后，诗人以口号式的口吻鼓励人们去相信美好的明天终将到来，同时发出真挚热烈的呼喊：热爱生命，相信未来！

这是四点零八分的北京[1]

这是四点零八分的北京，
一片手的海洋翻动；
这是四点零八分的北京，
一声雄伟的汽笛长鸣。

北京车站高大的建筑，
突然一阵剧烈的抖动。
我双眼吃惊地望着窗外，
不知发生了什么事情。

我的心骤然一阵疼痛，一定是
妈妈缀扣子的针线穿透了心胸。
这时，我的心变成了一只风筝，
风筝的线绳就在妈妈手中。

线绳绷得太紧了，就要扯断了，
我不得不把头探出车厢的窗棂。
直到这时，直到这时候，
我才明白发生了什么事情。

——一阵阵告别的声浪，
就要卷走车站；
北京在我的脚下，
已经缓缓地移动。

我再次向北京挥动手臂，

想一把抓住她的衣领，

然后对她大声地叫喊：

永远记着我，妈妈啊，北京！

终于抓住了什么东西，

管他是谁的手，不能松，

因为这是我的北京，

这是我的最后的北京。

1968 年 12 月 20 日

注　释

〔1〕原载《今天》第 4 期；《诗刊》1981 年发表时，题目为《我的最后的北京》。

鉴　赏

　　《这是四点零八分的北京》是诗人食指 1968 年离开北京"上山下乡"时创作的，也是诗人的代表作。食指以四点零八分这样一个具体的时刻拉开整场浩大的分别场面——在手的海洋和火车的汽笛声中，一代青年将离开生养他们的故土前往陌生的土地，而正是在这一刻，当火车猛然开动的时刻，在送行的亲人们如潮水般挥动的手臂中，"我"或者说一代人才突然意识到：他们即将离开北京，前路漫漫而不可知，巨大的恐惧此刻才爬上他们的心头。诗人将临行的青年们比作风筝，形象地描绘出如婴儿脱离母体的恐惧和疼痛，将北京比喻为妈妈永远牵引着游子的归心。随着列车缓缓开动，巨大的城市放逐了他们，"我"这才高声疾呼：永远记着我，妈妈啊，北京！然而，命运的车轮已经开启，被放逐的青年们只能在这人生的转折点上，将北京永远地印刻在心里——他们最后的、最后的北京。食指用朴素的语言生动形象地描绘出20世纪60年代"上山下乡"的一代青年，告别故乡时的壮观而悲凄的浩大场面，情绪先由最初的懵懂到猛然间的醒悟、再到表现对北京的眷恋，情绪渐渐推进，达成强烈的情感波动。诗人通过一个车站简单的告别场面，敏锐地捕捉到一代人命运转折时内心的惶惑与恐惧。诗歌因带有强烈的体验代入感和艺术感染力，成为当代诗坛的一篇佳作。

江 河

　　江河（1949—　　），原名于友泽，北京人。中国当代诗人，朦胧诗代表诗人之一。1968年高中毕业后在北京当工人。"文革"期间开始诗歌创作，1978年与芒克、北岛、严力等人在北京创办刊物《今天》。1980年5月在《上海文学》发表处女作《星星变奏曲》。1988年旅居美国。与顾城、北岛、舒婷和杨炼并称为"五大朦胧诗人"。代表诗作有《星星变奏曲》《纪念碑》《太阳和它的反光》《从这里开始》等，著有诗集《从这里开始》《太阳和他的反光》等。

纪 念 碑 [1]

我常常想
生活应该有一个支点
这支点
是一座纪念碑
天安门广场

在用混凝土筑成的坚固底座上
建筑起中华民族的尊严
纪念碑
历史博物馆和人民大会堂
像一台巨大的天平
一边
是历史，是昨天的教训
另一边
是今天，是魄力和未来

纪念碑默默地站在那里
像胜利者那样站着
像经历过许多次失败的英雄
在沉思
整个民族的骨骼是他的结构
人民巨大的牺牲给了他生命
他从东方古老的黑暗中醒来
把不能忘记的一切都刻在身上
从此
他的眼睛关注着世界和革命

他的名字叫人民

我想

我就是纪念碑

我的身体里垒满了石头

中华民族的历史有多么沉重

我就有多少重量

中华民族有多少伤口

我就流出过多少血液

我就站在

昔日皇宫的对面

那金子一样的文明

有我的智慧，我的劳动

我的被掠夺的珠宝

以及太阳升起的时候

琉璃瓦下紫色的影子

——我苦难中的梦境

在这里

我无数次地被出卖

我的头颅被砍去

身上还留着锁链的痕迹

我就这样地被埋葬

生命在死亡中成为东方的秘密

但是

罪恶终究会被清算

罪恶终将会被公开

当死亡不可避免的时候

流出的血液也不会凝固

当祖国的土地上只有呻吟

真理的声音才更响亮

既然希望不会灭绝

既然太阳每天从东方升起

真理就会把诅咒没有完成的

留给了枪

革命把用血浸透的旗帜

留给风，留给自由的空气

那么

斗争就是我的主题

我把我的诗和我的生命

献给了纪念碑

1977

注 释

〔1〕原载《诗刊》1980 年第 10 期。

鉴 赏

　　《纪念碑》是诗人江河的早期创作，也是其代表作之一。尽管江河一直被视为"朦胧诗人"，但其诗歌却表现出与舒婷、北岛等不同的风格，具有独特的创作特色。江河早期注重从外部世界入手，开掘具有文化厚度和历史感的题材，《纪念碑》正鲜明地体现了这一点。诗中的"纪念碑"可以说是虚实相生的，诗人的情感由立于天安门广场上的人民英雄纪念碑而起，"纪念碑"本身即带有历史感和肃穆感，以其存在提醒着"过去的教训"、呈现着今天的"魄力和未来"，它无言的沉默里有最有力、最雄浑的呐喊：不能忘记过去！诗人将一种崇高的英雄主义投掷在"纪念碑"上，并使其人格化。纪念碑由此成为历史的"见证人"，它记载了中华民族的苦难、屈辱和斗争，其负载的意义早已超出历史与现实的连接点，凝聚着以一个民族的精魂。江河更是将自己的一腔热血融入诗歌之中："我想／我就是纪念碑"，作为一个渺小的个体，甘愿为革命、为祖国、为真理、为希望、为自由而牺牲，表露出青年为民族和国家而奋斗的热忱。最后两句："我把我的诗和我的生命／献给了纪念碑"，在纪念碑历史的沉重感中，又增添了个体浓烈的爱国情怀。

北　岛

北岛（1949—　　），原名赵振开，浙江湖州人。中国当代著名诗人、作家，朦胧诗代表诗人之一。1978年前后，和诗人芒克共同创办民间诗刊《今天》。1987年后旅居国外近20年，曾多次获得诺贝尔文学奖提名，先后获瑞典笔会文学奖、美国西部笔会中心自由写作奖等，被选为美国艺术文学院终身荣誉院士。2007年回国，现为香港中文大学讲座教授。代表诗作有《回答》《一切》等，著有诗集《北岛诗歌集》《太阳城札记》《北岛顾城诗选》《陌生的海滩》《开锁》《时间的玫瑰》。

回　答 [1]

卑鄙是卑鄙者的通行证，
高尚是高尚者的墓志铭。
看吧，在镀金的天空中，
飘满了死者弯曲的倒影。

冰川纪过去了，

为什么到处都是冰凌？

好望角发现了，

为什么死海里千帆相竞？

我来到这个世界上，

只带着纸、绳索和身影。

为了在审判之前，

宣读那些被判决的声音：

告诉你吧，世界，

我——不——相——信！

纵使你脚下有一千名挑战者，

那就把我算作第一千零一名。

我不相信天是蓝的；

我不相信雷的回声；

我不相信梦是假的；

我不相信死无报应。

如果海洋注定要决堤，

就让所有苦水都注入我心中；

如果陆地注定要上升，

就让人类重新选择生存的峰顶。

新的转机和闪闪的星斗，

正在缀满没有遮拦的天空。

那是五千年的象形文字，

那是未来人们凝视的眼睛。

1976 年 4 月

〔1〕原载《诗刊》1979 年第 3 期。

鉴 赏

　　《回答》是新时期朦胧诗最具代表性的诗作之一，开篇两句——"卑鄙是卑鄙者的通行证，高尚是高尚者的墓志铭"以高度抽象化的概括，为诗人北岛赢得了不少赞誉。《回答》称朦胧实不朦胧，它情真而语直。诗人以悲愤的情绪指出那些追求正义、勇于追求真理的人遭遇死亡和毁灭,而那些邪恶的、卑鄙的狂徒却在这世间肆意横行。面对着黑白颠倒、卑鄙压倒高尚的世界,诗人难掩心中的愤慨,接连发问为什么在崭新的世界里仍有旧的恶的存在?整首诗的情绪也随发问而高涨。实际上,诗人始终在自问自答,前半部分的连续发问在开篇两句中就已经给出了答案。尽管如此,北岛依旧在内心的绝望之中迸发出反抗这绝望的呼喊,以强烈的反叛精神和质疑口吻向整个世界发起了挑战——"告诉你吧,世界,/我——不——相——信!"这呼喊既是向世界发问,也是以呐喊聊以自慰。诗人不相信正义会臣服于邪恶,他愿意承担一切质疑的后果,也要呼吁世界对恶的审判,期盼崭新的秩序的建立。《回答》节奏铿锵有力,情感热烈,体现出北岛的批判意识和抗争精神。在诗的结尾,北岛留下一个美好的憧憬,崭新的世界终究会到来,相信未来的世界也将充满着光明与希望。

同　谋 [1]

很多年过去了,云母
在泥沙里闪着光芒
又邪恶,又明亮

犹如蝮蛇眼睛中的太阳

手的丛林，一条条歧路出没

那只年轻的鹿在哪儿

或许只有墓地改变这里的

荒凉，组成了市镇

自由不过是

猎人与猎物之间的距离

当我们回头望去

在父辈们肖像的广阔背景上

蝙蝠划出的圆弧，和黄昏

一起消失

我们不是无辜的

早已和镜子中的历史成为

同谋，等待那一天

在火山岩浆里沉积下来

化作一股冷泉

重见黑暗

注 释

〔1〕选自《北岛诗选》，新世纪出版社 1986 年 5 月版。

鉴 赏

　　朦胧诗人北岛在这首《同谋》中保持了其风格中一贯的冷峻和思辨力。当历史匆匆走过，它划过的痕迹犹如泥沙中闪烁的云母，犹如蝮蛇一般贪婪地等待着时间的审判。很多年过去了，当人们以为自己还是那只年轻的鹿，以为自己只是一个无辜的蒙难者的时候，犹未意识到自己早已成为那闪着邪恶的光的云母与蝮蛇，成为了历史的"同谋"。北岛清醒地意识到在历史的进程中，受难者与施难者之间并没有明晰的界限。正如"自由不过是／猎人与猎物之间的距离"。一旦意识到自己早已无意识地参与了历史的罪恶，人们以为的所谓永恒，也终将在时间的长河中"和黄昏／一起消失"。为了进一步明确诗歌的这一主题，诗作最后，诗人以平静的口吻直逼自己的内心，开启对自我的反思和审问："我们不是无辜的／早已和镜子中的历史成为／同谋"，这审问已揭示了"我们都是历史的同谋"的答案。这审问既是诗人自我反思的过程，也带有向群体发出质疑的意味。与《回答》不同，诗人不再任由情感的肆意喧腾，而是冷静地克制着诗歌的情绪。《同谋》看似平静，却仍能感受到诗人情绪的暗流涌动。它表明了在历史冷却后，一代人对自我与历史之间关系的深邃反思。

芒 克

芒克（1950—　），原名姜世伟，辽宁沈阳人。中国当代著名诗人，朦胧诗派代表诗人之一。1969年到白洋淀插队，次年开始写诗。1976年返京，1978年与北岛共同创办文学刊物《今天》。1988年与杨炼、唐晓渡创办"幸存者诗歌俱乐部"和民间诗刊《幸存者》，1991年与唐晓渡等创办民间诗刊《现代汉诗》。代表诗作有《阳光中的向日葵》《老房子》《黄昏》等，著有诗集《心事》《阳光中的向日葵》《芒克诗选》《今天是哪一天》。

阳光中的向日葵 [1]

你看到了吗
你看到阳光中的那棵向日葵了吗
你看它，它没有低下头
而是把头转向身后
就好像是为了一口咬断
那套在它脖子上的

260

那牵在太阳手中的绳索

你看到了吗

你看到那颗昂着头

怒视着太阳的向日葵了吗

它的头几乎已把太阳遮住

它的头即使是在没有太阳的时候

也依然在闪耀着光芒

你看到那棵向日葵了吗

你应该走近它

你走近它便会发现

它脚下的那片泥土

每抓起一把

都一定会攥出血来

1983 年

注 释

〔1〕选自《诗歌报》1985 年 7 月 6 日。

鉴 赏

　　《阳光中的向日葵》是诗人芒克在 20 世纪 80 年代初期创作的一首朦胧诗。全诗共三节，节节首行发问，引起读者对一棵阳光中的向日葵的注意。这棵向日葵之所以独特，在于它并不甘心于盲目地追随太阳，成为精神囚徒。相反，它转过头，试图"一口咬断 ／ 那套在它脖子上的 ／ 那牵在太阳手中的绳索"。芒克在这首诗中颠覆了"太阳"和"向日葵"二者作为文学意象的常规关系和寓意，"太阳"这一意象带有明显的专制强权色彩，在"向日葵"的脖颈上套上沉重的枷锁。而诗人着力塑造的这棵独特的"向日葵"始终在努力挣脱这牵引其自由的束缚，它以怒视、以头遮蔽太阳的方式反抗着，为了争取自由和独立，"向日葵"的抗争、愤怒和痛苦全部化作鲜血深深地浸透了它脚下的泥土。诗人刻画了一个坚韧不屈、为自由抗争的"向日葵"，具有鲜明的象征意味和隐喻色彩，结合诗作的创作时间和时代背景，"向日葵"正象征着那些为获得独立人格和自由思想、敢于挑战权威的人们，颂扬了他们以强烈的反叛冲破精神囚困的坚强意志和独立精神。

多 多

多多（1951—　），原名栗世征，北京人。中国当代诗人，朦胧诗代表诗人之一，与诗人芒克、根子被称为"白洋淀诗人"。1969 年到河北白洋淀插队，后任职于《农民日报》报社。1972 年开始写诗，1982 年开始发表诗作。1989 年出国，旅居荷兰 15 年，曾任伦敦大学汉语教师，加拿大纽克大学、荷兰莱顿大学住校作家，参与多个世界诗歌节。2004 年回国后任教于海南大学。2010 年获纽斯塔特国际文学奖。代表诗歌有《致太阳》《手艺》《阿姆斯特丹的河流》等，出版诗集《行礼：诗38 首》《里程：多多诗选 1973—1988》等。

阿姆斯特丹的河流 [1]

十一月入夜的城市
惟有阿姆斯特丹的河流

突然

我家树上的桔子

在秋风中晃动

我关上窗户，也没有用

河流倒流，也没有用

那镶满珍珠的太阳，升起来了

也没有用

鸽群像铁屑散落

没有男孩子的街道突然显得空阔

秋雨过后

那爬满蜗牛的屋顶

——我的祖国

从阿姆斯特丹的河上，缓缓驶过……

1989 年

注 释

〔1〕选自《诗刊》2005 年上半月刊。

鉴 赏

　　《阿姆斯特丹的河流》的主题可以说是非常清晰的——乡愁。与余光中诗中"乡愁是一湾浅浅的海峡，/ 我在这头 / 大陆在那头"不同，诗人多多的乡愁来自跨越千万里距离的异国，整首诗中的思国之情虽表现得含蓄却依然有直击人心的力量。诗人多年旅居海外，对"祖国"这一概念的理解更为深刻，对乡愁更有深深的体认。于是，在荷兰阿姆斯特丹的河畔、在某个十一月的夜晚，对祖国不可扼制的强烈思念猛然撞击在诗人心头，那样猝不及防却痛感强烈。诗人试图阻隔这乡愁对情绪的冲击，关上窗子、从深夜到黎明，任何举动都无法阻绝这份沉甸甸的思国之情。它在时间和空间中紧紧地围绕着诗人，它存在于他的生活和生命中，这份伤感的情绪、这真切的思念必须寻找到一个释放的出口。于是，诗人任由这浓烈的思念慢慢地、缓缓地随着阿姆斯特丹的河流静静地向前流淌。在这首诗中，多多保持了自己一贯的语言风格：凝练而准确。他将乡愁袭来瞬间的感受如此形象而含蓄地呈现出来，不是对情感直抒胸臆，而是在描绘对情感的"逃避"中反衬出这思乡情绪的强烈，不得不说是保持了汉语诗歌的东方含蓄之美。

伊 蕾

　　伊蕾（1951—2018），原名孙桂珍，天津人。中国当代诗人。1969年初中毕业后下乡。1971年后调入铁道兵邯郸工厂。1982年调入河北省廊坊地区文联。1984年考入鲁迅文学院，毕业后又入北京大学中文系作家班。1987年出版诗集《爱的火焰》《女性年龄》《爱的方式》。1988毕业后在《天津文学》编辑部工作。1992年到1998年旅居莫斯科。代表诗作有《独身女人的卧室》《三月的永生》等，著有诗集《独身女人的卧室》《爱的火焰》《伊蕾爱情诗》等。

独身女人的卧室（组诗选三）[1]

1. 镜子的魔术

　　　　你猜我认识的是谁

　　　　她是一个，又是许多个

　　　　在各个方向突然出现

　　　　又瞬间消隐

她目光直视

没有幸福的痕迹

她自言自语，没有声音

她肌肉健美，没有热气

她是立体，又是平面

她给你什么你也无法接受

她不能属于任何人

——她就是镜子中的我

整个世界除以二

剩下的一个单数

一个自由运动的独立的单子

一个具有创造力的精神实体

——她就是镜子中的我

我的木框镜子就在床头

它一天做一百次这样的魔术

　　你不来与我同居

2. 土耳其浴室

这小屋裸体的素描太多

一个男同胞偶然推门

高叫"土耳其浴室"

他不知道在夏天我紧锁房门

我是这浴室名副其实的顾客

顾影自怜——

四肢很长，身材窈窕

臀部紧凑，肩膀斜削

碗状的乳房轻轻颤动

每一块肌肉都充满激情

我是我自己的模特

我创造了艺术，艺术创造了我

床上堆满了画册

袜子和短裤在桌子上

玻璃瓶里迎春花枯萎了

地上乱开着暗淡的金黄

软垫和靠背四面都是

每个角落都可以安然入睡

　　你不来与我同居

3. 窗帘的秘密

白天我总是拉着窗帘

以便想象阳光下的罪恶

或者进入感情王国

心理空前安全

心理空前自由

然后幽灵一样的灵感纷纷出笼

我结交他们达到快感高潮

新生儿立即出世

智力空前良好

如果需要幸福我就拉上窗帘

痛苦立即变成享受

如果我想自杀我就拉上窗帘

生存欲望油然而生

拉上窗帘听一段交响曲

爱情就充满各个角落

　　你不来与我同居

注　释

〔1〕选自《独身女人的卧室》，漓江出版社 1988 年版。

鉴 赏

　　在 20 世纪 80 年代的先锋诗歌浪潮中，女诗人伊蕾的组诗《独身女人的卧室》以"惊世骇俗"的大胆诗歌语言，呈现女性内心情感世界最深处的隐秘，此诗一经发表便在诗坛引起巨大争议。伊蕾在诗中不仅展现了"独身女人"对自我身体和性欲望的关注，更在构成组诗的每一首诗的结尾都高声疾呼："你不来与我同居"。自然，这里的"你"指的是男性，这一赤裸裸地呈现女性对男性的性欲望的表达方式，一度成为伊蕾被"攻击"的焦点。这首诗向世人展示了一个独身女人最私密的生存空间，以及她在这个封闭空间内对自我身体的关注、对性需求的自我满足、对女性孤独状态的自我剖视等等。"镜子"和"窗帘"的意象是很独特的存在，"镜子"即带有明显的女性色彩，是女性自我关注的对象，也构成了独身女人内心孤独状态的镜像。而"窗帘"则起到了将女性与外部男性话语世界相隔绝的作用，它构成了女性保护自我内心隐秘的外部屏障。诗中"你不来与我同居"的反复直白呼喊，代表着女性渴望摆脱几千年来封建道德和传统礼教对女性的"爱的审判"，渴望获得真正属于女性的精神与肉体双重统一的、平等的"爱的自由"。《独身女人的卧室》挑战了男性话语主潮下女性真实呈现自身作为"人"的、与男性同等的对"爱"与"欲"的追求与表达，带有强烈而独特的女性意识。

周伦佑

　　周伦佑（1952—　），四川西昌人。中国当代诗人、文艺理论家。1970 年开始新诗写作，1986 年主张新诗的"非非主义"，主编民间诗歌刊物《非非》《非非评论》。2004 年被聘任为西南师范大学特聘教授。代表诗作有《想象大鸟》《在刀锋上完成的句法转换》等，著有诗集《在刀锋上完成的句法转换》《周伦佑诗选》《燃烧的荆棘》等。

在刀锋上完成的句法转换 [1]

皮肤在臆想中被利刃割破
血流了一地，很浓的血
使你的呼吸充满腥味
冷冷地玩味伤口的经过
手指在刀锋上试了又试
终于没有勇气让自己更深刻一些

现在还不是谈论死的时候

死很简单，活着需要更多的粮食

空气和水，女人的性感部位

肉欲的精神把你搅得更浑

但活得耿直是另一回事

以生命做抵押，使暴力失去耐心

让刀更深一些。从看他人流血

到自己流血，体验转换的过程

施暴的手并不比受难的手轻松

在尖锐的意念中打开你的皮肤

看刀锋契入，一点红色从肉里渗出

激发众多的感想

这是你的第一滴血

遵循句法转换的原则

不再有观众。用主观的肉体

与钢铁对抗，或被钢铁推倒

一片天空压过头顶

广大的伤痛消失

世界在你之后继续冷得干净

刀锋在滴血。从左手到右手

你体会牺牲时尝试了屠杀

臆想的死使你的两眼充满杀机

1991 年 1 月 6 日于峨山打锣坪

注 释

〔1〕选自《非非》复刊号。

鉴 赏

　　作为先锋诗歌群体"非非主义"的主将和理论构筑者，周伦佑
的诗歌如《想象大鸟》《刀锋二十首》等极为鲜明地践行了"非非
主义"的诗歌理念——最大程度上还原语言。先锋评论家朱大可评
价"非非主义"的意识形态是"既敌视语言又热衷于制造语言，既
拥戴逻辑又屈从于悖论，既反文化规范又企图组织起更强大的暴
政"。这道出了前后"非非主义"在追求诗歌现代性中对文化的反
叛以及对语言和感觉的还原。《在刀锋上完成句法转换》是周伦佑《刀
锋二十首》中的一首，体现了诗人对理性节制情感、完全摒弃情感
色彩的极端理性的践行。诗人以异常平静乃至带有赏玩意味的口吻，

刻画以"伤口"为象征物的暴力的痛感。周伦佑在这首诗中描摹着利刃划过皮肤时的状态，面对流血的伤口诗人完全忽视了痛感的情绪而专注于状态的呈现：句法的转换是在"从看他人流血 / 到自己流血"的动作中完成的，期间充满了血腥与暴力的想象。刀锋划过的不再单纯是个人的皮肤，更是历史的皮肤，革命和暴力让历史的皮肤不断翻涌着红色血肉，而在"欣赏"暴力的过程中获得某种原始的语言的"快感"——"你体会牺牲时尝试了屠杀 / 臆想的死使你的两眼充满杀机"。周伦佑在此更多地强调的是一种语言的暴力，渴望完全地彻底地释放语言原本的暴虐的天性，最大程度上地释放语言的野性。

舒 婷

　　舒婷（1952—　　），原名龚佩瑜，福建龙海人。中国当代著名女诗人、朦胧诗代表诗人之一。1969年下乡插队，1972年返城。1979年开始发表诗歌作品，1980年到福建省文联工作，从事专业写作，诗作曾多次获奖。代表诗作《致橡树》《双桅船》《神女峰》《祖国呵，我亲爱的祖国》等，著有诗集《双桅船》《舒婷顾城抒情诗选》《会唱歌的鸢尾花》《始祖鸟》。

致 橡 树 [1]

我如果爱你——
绝不像攀援的凌霄花，
借你的高枝炫耀自己；
我如果爱你——
绝不学痴情的鸟儿，
为绿荫重复单调的歌曲；
也不止像泉源，

常年送来清凉的慰藉；

也不止像险峰，

增加你的高度，衬托你的威仪。

甚至日光。

甚至春雨。

不，这些都还不够！

我必须是你近旁的一株木棉，

作为树的形象和你站在一起。

根，紧握在地下，

叶，相触在云里。

每一阵风过，

我们都互相致意，

但没有人

听懂我们的言语。

你有你的铜枝铁干

像刀、像剑，

也像戟；

我有我红硕的花朵，

像沉重的叹息，

又像英勇的火炬。

我们分担寒潮、风雷、霹雳，

我们共享雾霭、流岚、虹霓。

仿佛永远分离，

却又终生相依。

这才是伟大的爱情，

坚贞就在这里：

爱——

不仅爱你伟岸的身躯，

也爱你坚持的位置，足下的土地！

1977 年 3 月

注释

〔1〕原载《诗刊》1979 年第 4 期。

鉴赏

　　对诗人舒婷的定位，倘若只视其为中国当代朦胧诗的代表，就显得过于局限了，应该说，她是中国当代诗坛杰出的女诗人之一。强调舒婷作为诗人的女性性别，实际上也是在强调根植在舒婷诗作中强烈的女性意识。尽管《致橡树》只是一首单纯的爱情诗，

并没有过多的引申义，但它的诗歌风格和其倡导的两性平等的爱情观念，在 20 世纪 70 年代末曾一度引起诗坛和社会的瞩目。诗人将橡树喻为男性，木棉喻为女性，使用拟人化的艺术手法，借木棉对橡树的真情告白，来阐释新时代女性在爱情中的价值和地位：不是攀借男性的高枝的炫耀，也不止于单调的赞颂，更不应是男性权威和尊严的陪衬。真正坚贞而伟大的爱情是"我必须是你近旁的一株木棉，作为树的形象和你站在一起"的人格上的平等，是平淡生活中的携手同行和困苦面前的并肩作战。诗人的浪漫主义情怀使全诗流溢着浓重的抒情色彩，相似句子的或间歇或连续的不断重复加强了诗歌整体的音乐性与节奏感，优美朴素的语言和精巧新颖的意象之间燃烧着的热烈而真诚的情感，更为诗歌增添了极强的感染力。《致橡树》展现的现代女性对独立、平等、坚强的爱情地位的追求，以及不卑不亢的爱情观念，时至今日依然能够引起女性读者的精神共鸣，影响着她们对自身爱情观念的思考。

神 女 峰 [1]

在向你挥舞的各色花帕中

是谁的手突然收回

紧紧捂住了自己的眼睛

当人们四散离去，谁

还站在船尾

衣裙漫飞，如翻涌不息的云

江涛

高一声

低一声

美丽的梦留下美丽的忧伤

人间天上，代代相传

但是，心

真能变成石头吗

为眺望远天的杳鹤

而错过无数次春江月明

沿着江岸

金光菊和女贞子的洪流

正煽动新的背叛

与其在悬崖上展览千年

不如在爱人肩头痛哭一晚

1981 年 6 月于长江

注 释

〔1〕原载《绿洲》1982 年第 1 期；选自《会唱歌的鸢尾花》，四川文艺
出版社 1986 年版。

鉴 赏

《神女峰》是诗人舒婷除《致橡树》外为大众广为熟知的另一
首代表作。舒婷曾讲明创作这首诗的原因在于破除《致橡树》带给
女性读者的"困惑"："这首诗（《致橡树》）流传开来，不断碰到那
些才貌双全的女孩子，向我投诉没有橡树。因此又写《神女峰》作
为补充。"《神女峰》虽然同为带有女性色彩的诗作，但其主题却
与《致橡树》有所区别。神女峰位于重庆，因其独特的造型和神话
传说引得古今中外文人墨客的赞叹。在人们纷纷赞叹悬崖上屹立千
年的"神女"对爱情的忠贞和守候的时候，舒婷却猛然收回自己挥
动的手，陷入深深的沉思。因为她在神女的石像中感受到的是自古
以来女性哑然承受着的悲哀——为了成为世代相传的"神"的形象
而放弃了作为普通人的最平凡的快乐。于是，舒婷不禁向"神女"、

向世上所有的女性，更向所有将女性驱至"神坛"的男性发出深深的疑问："心 / 真能变成石头吗"，显然不能。因此，舒婷在最后以"与其在悬崖上展览千年 / 不如在爱人肩头痛哭一晚"，将神女从世人架起的高高的神坛上拉下，这正是所谓的"新的背叛"。诗人在这首诗中借景抒情，再一次提出对女性爱情观、价值感的反思，表现了对平凡人生中平凡幸福的理解与追求。

梁小斌

梁小斌，（1954—　），安徽合肥人。中国当代诗人，朦胧诗代表诗人之一。1972年毕业于合肥市第三十二中学，同年开始创作诗歌。1976年参加工作，先后从事过工人、秘书、编辑等职业。1979年经诗人公刘介绍参加诗刊社举办的首届"青春诗会"，同年10月，于《诗刊》发表了诗作《中国，我的钥匙丢了》《雪白的墙》等作品。1991年加入中国作家协会。代表诗作有《中国，我的钥匙丢了》《雪白的墙》，著有诗集《少女军鼓队伍》，随笔集《独自成俑》《地主研究》《梁小斌如是说》《我热爱秋天的风光》等。

中国，我的钥匙丢了 [1]

中国，我的钥匙丢了。
那是十多年前，
我沿着红色大街疯狂地奔跑，
我跑到了郊外的荒野上欢叫，

后来，
我的钥匙丢了。

心灵，苦难的心灵
不愿再流浪了，
我想回家
打开抽屉、翻一翻我儿童时代的画片，
还看一看那夹在书页里的
翠绿的三叶草。

而且，
我还想打开书橱，
取出一本《海涅歌谣》，
我要去约会，
我要向她举起这本书，
作为我向蓝天发出的
爱情的信号。

这一切，
这美好的一切都无法办到，

中国，我的钥匙丢了。

天，又开始下雨，
我的钥匙啊，
你躺在哪里？

我想风雨腐蚀了你，
你已经锈迹斑斑了；
不，我不那样认为，
我要顽强地寻找，
希望能把你重新找到。

太阳啊，
你看见了我的钥匙了吗？
愿你的光芒
为它热烈地照耀。

我在这广大的田野上行走，
我沿着心灵的足迹寻找，
那一切丢失了的，

我都在认真思考。

1979 年 12 月—1980 年 8 月

注 释

〔1〕选自《朦胧诗选》，春风文艺出版社 1985 年版。

鉴 赏

　　朦胧诗人梁小斌为 20 世纪七八十年代的中国诗坛留下的经典新诗，当属这首《中国，我的钥匙丢了》，它体现出朦胧诗人将个人的"小我"与国家的"大我"相连结，以"小我"的喜怒哀乐展现大时代的风云际会。诗评家谢冕评价道："它的确有着浓重的失落的怅惘与悲哀，但它仍然呼唤太阳的光芒，它顽强地'寻找'、并且'思考'那'丢失了的一切'。他们摒弃那种廉价的空话，而以切实的语言触及血淋淋的生活。"诗中反复出现的"钥匙"作为饱含巨大隐喻的意象，显而易见是全诗的诗眼，它指的是青年一代在"文革"中丢失的青春、活力、爱情、亲情等等一切美好而又弥足珍贵的事物，"钥匙丢了"隐喻了美好的烟消云散，更隐喻着一代人将心门紧闭，同时在精神上的迷茫、失落和痛苦，找寻不到生活的方向。面对这一切，诗人并没有直白的倾诉或宣泄，而是通过对美好过往的追忆来对比和突显出当下的失落。尽管诗歌在前半部一直在渲染悲凉而沉重的情绪，诗人却并未就此停笔，也并未因此放弃希望。相反，在诗歌的后半部，诗人喊出："我要顽强地寻找，/希望能把你重新找到。"显然，梁小斌写出了对光明的渴望、永远追寻着希望的不息信念，更写出了一代人精神的坚韧。

于 坚

于坚（1954— ），云南昆明人。中国当代诗人。1980年入云南大学学习，1981年开始发表诗歌，1984年毕业后到云南省文联文艺理论研究室工作。1985年参与发起"第三代诗歌运动"，与韩东等合办民间诗歌刊物《他们》，提倡"拒绝隐喻"的新诗创作理念。1996年获台湾《联合报》第十四届文学奖。2006年获鲁迅文学奖。代表诗作有《尚义街六号》《0档案》《只有大海苍茫如幕》等，著有诗集《诗六十首》《对一只乌鸦的命名》《一枚穿过天空的钉子》等。

尚义街六号 [1]

尚义街六号

法国式的黄房子

老吴的裤子晾在二楼

喊一声　胯下就钻出戴眼镜的脑袋

隔壁的大厕所

天天清早排着长队

我们往往在黄昏光临

打开烟盒　打开嘴巴

打开灯

墙上钉着于坚的画

许多人不以为然

他们只认识梵高

老卡的衬衣　揉成一团抹布

我们用它拭手上的果汁

他在翻一本黄书

后来他恋爱了

常常双双来临

在这里吵架，在这里调情

有一天他们宣告分手

朋友们一阵轻松　很高兴

次日他又送来结婚的请柬

大家也衣冠楚楚　前去赴宴

桌上总是摊开朱小羊的手稿

那些字乱七八糟

这个杂种警察一样盯牢我们

面对那双红丝丝的眼睛

我们只好说得朦胧

像一首时髦的诗

李勃的拖鞋压着费嘉的皮鞋

他已经成名了　有一本蓝皮会员证

他常常躺在上边

告诉我们应当怎样穿鞋子

怎样小便　怎样洗短裤

怎样炒白菜　怎样睡觉　等等

八二年他从北京回来

外衣比过去深沉

他讲文坛内幕

口气像作协主席

茶水是老吴的　电表是老吴的

地板是老吴的　邻居是老吴的

媳妇是老吴的　胃舒平是老吴的

口痰烟头空气朋友　是老吴的

老吴的笔躲在抽桌里

很少露面

没有妓女的城市

童男子们老练地谈着女人

偶尔有裙子们进来

大家就扣好钮扣

那年纪我们都渴望钻进一条裙子

又不肯弯下腰去

于坚还没有成名

每回都被教训

在一张旧报纸上

他写下许多意味深长的笔名

有一人大家都很怕他

他在某某处工作

"他来是有用心的,

我们什么也不要讲!"

有些日子天气不好

生活中经常倒霉

我们就攻击费嘉的近作

称朱小羊为大师

后来这只手摸摸钱包

支支吾吾　闪烁其辞

八张嘴马上笑嘻嘻地站起

那是智慧的年代

许多谈话如果录音

可以出一本名著

那是热闹的年代

许多脸都在这里出现

今天你去城里问问

他们都大名鼎鼎

外面下着小雨

我们来到街上

空荡荡的大厕所

他第一回独自使用

一些人结婚了

一些人成名了

一些人要到西部

老吴也要去西部

大家骂他硬充汉子

心中惶惶不安

吴文光　你走了

今晚我去哪里混饭

恩恩怨怨　吵吵嚷嚷

大家终于走散

剩下一片空地板

像一张空唱片　再也不响

在别的地方

我们常常提到尚义街六号

说是很多年后的一天

孩子们要来参观

1984 年 6 月

鉴 赏

　　20 世纪 80 年代初中期，当朦胧诗渐趋退潮，"一群斯文的暴徒"
（周伦佑语）在中国各地纷纷用诗歌"起义"，企图在当代诗坛占据
一席之地，这其中就有诗人于坚。这首《尚义街六号》正是其早期
的代表作，表现了"第三代"诗人对诗歌日常化、口语化和平民化
写作的追求。"尚义街六号"本是个再普通不过的地方，却聚集着
一群渴望"成名"的青年人。诗人在诗中平铺直叙大量的日常琐碎，

完全打破了此前诗歌对所谓诗歌美感与技巧的追求。老吴的裤子、老卡揉成一团的衬衣、于坚的画、黄书等等看似本不应该出现在诗歌中的词汇充斥在整首诗中，带来强烈的平民气息。诗人完全采用口语的方式，还有幽默的调侃和诸多日常无奇的对话。它与平民的日常生活贴合得如此之近，完全消解了当代诗歌此前遗留的政治抒情、宏大叙事的理念，而是极力将焦点重新聚合到人和人的生存状态上。这首诗通过尚义街六号的前热后冷，表现出诗人对 80 年代热闹的文化氛围和青春时期友谊的怀念，并对此已成过去表露出叹惋之情。《尚义街六号》被视为开当代诗歌平民化写作的风气之先，它最大的意义在于将诗歌关注的焦点重新拉回到日常生活中最平凡的"人"上，进而拓展了当代新诗内容与形式的容量。

王小妮

　　王小妮（1955—　），吉林长春。中国当代诗人。1974年中学毕业后到吉林九台插队。1978年考入吉林大学中文系。1982年毕业后任职于长春电影制片厂总编室。1985年去深圳。现为海南大学人文传播学院教授。代表诗作有《爱情》《月光白的很》等，著有诗集《我的诗选》《我悠悠的世界》《我的纸里包着我的火》等。

爱　情 [1]

那个冷秋天啊
你的手
不能浸在冷水里
你的外衣
要夜夜由我来熨
我织也织不成的
白又厚的毛衣

奇迹般地赶出来

到了非它不穿的时刻

那个冷秋天啊

你要衣冠楚楚地做人

谈笑

使好人和坏人

同时不知所措

谈笑

我拖着你的手

插进每一个

有人的缝隙

我本是该生巨翅的鸟

此刻

却必须收拢肩膀

变一只巢

让那些不肯抬头的人

都看见

天空的沉重

让他们经历

心灵的萎缩

那冷得动人的秋天啊

那坚毅又严酷的

我与你之间的爱情

注　释

〔1〕选自《作家》2013 年第 7 期。

鉴　赏

　　王小妮的诗人生涯起步于吉林大学的校园。1978 年 9 月，徐敬亚、吕贵品、王小妮、白光等在吉林大学创办了"言志诗社"和刊物《赤子心》，这是新时期以来创办最早、影响力最大的高校诗歌社团之一。王小妮的诗歌总是带着一种语言的韧性，她的创作并不完全任由女性意识和女性视角主导诗歌情感和语言的流向。在这首题名简单的《爱情》一诗中，"爱情"的主题被无限压缩，"人"的生命形态和存在方式成了表现的核心。"冷秋天"点明了外部空间和诗人心灵空间的状态——寒冷。"你要衣冠楚楚地做人 / 谈笑"，体现了个体在外部大气候的影响下，应如何处理自我与世界的关系，如何调和内在自我与外在自我之间的矛盾和冲突。而"我"呢？——"本是该生巨翅的鸟 / 此刻 / 却必须收拢肩膀"，在这句诗里诗人给出了自己的答案，这答案里沉默着深深的无奈，是对人无法把控自己命运、无法全然遵从自己内心去生活的无奈。"你"与"我"之间的爱情，经受过苦难的打磨而变得异常坚韧，正如我们的存在时刻提醒着"天空的沉重"。《爱情》一诗起于"寒冷"而结于"严酷"，诗人以冷峻的笔调呈现出一代人精神上的"寒冬"及其背后的沉重。

翟永明

翟永明（1955— ），四川成都人。中国当代著名女诗人。1974年以知青身份下乡插队，1976年回城。1981年开始发表诗歌，1984年发表大型抒情组诗《女人》引起文坛轰动。2012年成为首位获意大利Ceppo Pistoia 国际文学奖"Piiero Bigongiari" 奖项。代表诗作有《女人》组诗、《在古代》等，著有诗集《女人》《在一切玫瑰之上》《翟永明诗集》《黑夜中的素歌》《称之为一切》《终于使我周转不灵》《十四首素歌》。

独　白 [1]

我，一个狂想，充满深渊的魅力
偶然被你诞生。泥土和天空
二者合一，你把我叫作女人
并强化了我的身体

我是软得像水的白色羽毛体

你把我捧在手上，我就容纳这个世界
穿着肉体凡胎，在阳光下
我是如此炫目，使你难以置信

我是最温柔最懂事的女人
看穿一切却愿分担一切
渴望一个冬天，一个巨大的黑夜
以心为界，我想握住你的手
但在你的面前我的姿态就是一种惨败

当你走时，我的痛苦
要把我的心从口中呕出
用爱杀死你，这是谁的禁忌？
太阳为全世界升起！我只为了你
以最仇恨的柔情蜜意贯注你全身
从脚至顶，我有我的方式

一片呼救声，灵魂也能伸出手？
大海作为我的血液就能把我
高举到落日脚下，有谁记得我？

但我所记得的，绝不仅仅是一生

1983 年

注　释

〔1〕原载《诗刊》1986 年第 9 期。

鉴　赏

以女性视角，借用诗歌的力量与温度，大胆呈现女人的隐秘意志与两性感受，翟永明的大型抒情组诗《女人》在 20 世纪 80 年代的诗坛，可谓惊世骇俗。《独白》是组诗中的一首，也是极具女性主义色彩的女性诗歌。《独白》的语言独特奇诡，充满了梦幻色彩，弥漫着暧昧的气息。在这首诗中，女人不再是男性笔下矜持温婉的传统形象，而是集狂想和性魅力于一身、是因"肉体凡胎"而明艳动人的女人，是"看穿一切却愿分担一切"勇于追爱的女人。诗人隐晦地描述了女性在两性情感与欢爱之中的独特感受，在爱情中默默地承受一切，渴望表达爱欲却始终被压抑在男性权利的禁锢之下，因为"在你的面前我的姿态就是一种惨败"。诗人曾坦言自己永远无法像男人那样去获得后天的深刻，她的优势只能源于生命本身。诚然，所谓"独白"正是不希望他者声音的介入，这里的他者当然是指男性。翟永明试图以女性意识和情感体验的自我宣泄，打破男性对女性隐秘感的猜测、代言与主宰，渴望以女性自主意识的张扬改变女性在两性体验中的失语状态。《独白》既像是女性揭示内心隐秘而真实的两性情感时的喃喃私语，又像是剖开自己向世界宣告：这才是女人，这才是真正的女人。

杨 炼

　　杨炼（1955—　），祖籍山东，生于瑞士，6岁时回到北京。中国当代诗人，朦胧诗代表诗人之一。1974年高中毕业后在北京昌平县插队，70年代后期开始写诗，是《今天》杂志的主要作者之一。1983年因长诗《诺日朗》轰动大陆诗坛，随后其作品被推介到海外。1987年被中国读者推选为"十大诗人"之一。1988年与芒克、多多等创立"幸存者诗歌俱乐部"，同年赴澳洲访问一年并开始世界性写作。1999年获意大利Flaiano国际诗歌奖。2012年获意大利诺尼诺国际文学奖。代表诗作是《大海停止之处》《诺日朗》《同心圆》《叙事诗》等，著有诗选集《礼魂》《荒魂》《黄》，诗文集《人景·鬼话》，出版中德双语诗集《中国日记》、中英双语诗选《无人称》《大海停止之处》等。

诺 日 朗 [1]

一　日潮

高原如猛虎，焚烧于激流暴跳的万物的海滨

哦，只有光，落日浑圆地向你们泛滥，大地悬挂在空中

强盗的帆向手臂张开，岩石向胸脯，苍鹰向心……

牧羊人的孤独被无边起伏的灌木所吞噬

经幡飞扬，那凄厉的信仰，悠悠凌驾于蔚蓝之上

你们此刻为哪一片白云的消逝而默哀呢

在岁月脚下匍匐，忍受黄昏的驱使

成千上万座墓碑像犁一样抛锚在荒野尽头

互相遗弃，永远遗弃：把青铜还给土、让鲜血生锈

你们仍然朝每一阵雷霆倾泻着泪水吗

西风一年一度从沙砾深处唤醒淘金者的命运

栈道崩塌了，峭壁无路可走，石孔的日晷是黑的

而古代女巫的天空再次裸露七朵莲花之谜

哦，光，神圣的红釉，火的崇拜火的舞蹈

洗涤呻吟的温柔，赋予苍穹一个破碎陶罐的宁静

你们终于被如此巨大的一瞬震撼了么

——太阳等着，为陨落的劫难，欢喜若狂

二 黄金树

我是瀑布的神，我是雪山的神

高大、雄健，主宰新月

成为所有江河的唯一首领

雀鸟在我胸前安家

浓郁的丛林遮盖着

　　　那通往秘密池塘的小径

我的奔放像大群刚刚成年的牡鹿

欲望像三月

聚集起骚动中的力量

我是金黄色的树

收获黄金的树

热情的挑逗来自深渊

毫不理睬周围怯懦者的箴言

直到我的波涛把它充满

流浪的女性，水面闪烁的女性

谁是那迫使我啜饮的唯一的女性呢

我的目光克制住夜

十二支长号克制住番石榴花的风

我来到的每个地方，没有阴影

触摸过的每颗草莓化作辉煌的星辰

　　在世界中央升起

占有你们，我，真正的男人

三　血祭

用殷红的图案簇拥白色颅骨，供奉太阳和战争

用杀婴的血，行割礼的血，滋养我绵绵不绝的生命

一把黑曜岩的刀剖开大地的胸膛，心被高高举起

无数旗帜像角斗士的鼓声，在晚霞间激荡

我活着，我微笑，骄傲地率领你们征服死亡

——用自己的血，给历史签名，装饰废墟和仪式

那么，擦去你的悲哀！让悬崖封闭群山的气魄

兀鹰一次又一次俯冲，像一阵阵风暴，把眼眶啄空

苦难祭台上奔跑或扑倒的躯体同时怒放

久久迷失的希望乘坐尖锐的饥饿归来，撒下呼啸与赞颂

你们听从什么发现了弧形地平线上孑然一身的壮丽

于是让血流尽：赴死的光荣，比死更强大

朝我奉献吧！四十名处女将歌唱你们的幸运

晒黑的皮肤像清脆的铜铃，在斋戒和守望里游行

那高贵的卑怯的、无辜的罪恶的、纯净的肮脏的潮汐

辽阔记忆，我的奥秘伴随着抽搐的狂欢源源诞生

宝塔巍峨耸立，为山巅的暮色指引一条向天之路

你们解脱了——从血泊中，亲近神圣

四　偈子[2]

为期待而绝望

为绝望而期待

绝望是最完美的期待

期待是最漫长的绝望

期待不一定开始

绝望也未必结束

或许召唤只有一声——

最嘹亮的，恰恰是寂静

五　午夜的庆典
开歌路

领：午夜降临了，斑斓的黑暗展开它的虎皮，金灿灿地闪耀
　　着绿色。遥远。青草的芳香使我们感动，露水打湿天空，
　　我们是被谁集合起来的呢？

合：哦，这么多人，这么多人！

领：星座倾斜了，不知不觉的睡眠被松涛充满。风吹过陌生
　　的手臂，我们紧紧挤在一起，梦见篝火，又大又亮。孩子
　　们也睡了。

合：哦，这么多人，这么多人！

领：灵魂颤栗着，灵魂渴望着，在漆黑的树叶间寻找一块空地。
　　在晕眩的沉默后面，有一个声音，徐徐松弛成月色，那就
　　是我们一直追求的光明吗？

合：哦，这么多人，这么多人！

穿 花

诺日朗的宣谕：

唯一的道路是一条透明的路

唯一的道路是一条柔软的路

我说，跟随那股赞歌的泉水吧

夕阳沉淀了，血流消融了

瀑布和雪山的向导

笑容荡漾袒露诱惑的女性

从四面八方，跳舞而来，沐浴而来

超越虚幻，分享我的纯真

煞 鼓

此刻，高原如猛虎，被透明的手指无垠的爱抚

此刻，狼藉的森林蔓延被蹂躏的美、灿烂而严峻的美

向山洪、向村庄碎石累累的毁灭公布宇宙的和谐

树根像粗大的脚踝倔强地走着，孩子在流离中笑着

尊严和性格从死亡里站起，铃兰花吹奏我的神圣

我的光，即使陨落着你们时也照亮着你们

那个金黄的召唤，把苦涩交给海，海永不平静

在黑夜之上，在遗忘之上，在梦呓的呢喃和微微呼喊之上
此刻，在世界中央。我说：活下去——人们
天地开创了。鸟儿啼叫着。一切，仅仅是启示

注 释

〔1〕原载《上海文学》1983 年第 5 期。诺日朗：藏语，男神。著名风景
区九寨沟，地处川甘交界高原区，有一座瀑布、一座雪山以此命名。

〔2〕偈子：佛经中一种体裁，短小类似于格言，意译为"颂"。

鉴 赏

《诺日朗》是诗人杨炼一举成名的组诗，它的出现曾在诗坛引
起巨大争议。"诺日朗"本是中国四川省九寨沟的著名瀑布，意为
雄伟壮阔，但这首《诺日朗》却绝不是一首单纯的写景诗。全诗由
五个独立的片段构成，由壮阔的诺日朗瀑布的雄浑之美为始，展开
一场带有巫神文化色彩的祭祀与庆典，奇诡的想象与繁复的意象相
罗列，展现了史诗般的非凡气魄。杨炼以文人的癫狂，引领读者进
入他狂放不羁的想象的世界，进入神秘的、带有宗教色彩的神的世
界：他想象着一个令人震撼的神，瀑布的神、雪山的神，掌控日月
星河，凌驾于自然之上，人类显示出对自然之神的屈服和敬畏。《诺
日朗》通篇弥漫着浓重而神秘的宗教色彩，无论从结构和内容来看

都呈现着荡气回肠的恢宏气势。然而，在磅礴的气势之外，读者也会感受到繁复意象和诗歌语言革新带来的解读的困惑。意象间联系的阻隔和诗句间语义的破碎散乱，也为它贴上了晦涩难懂的标签。但从整体而言，《诺日朗》对原始的人类生命力的思索与呈现，铺展的雄浑壮阔的史诗性画卷，使它仍不失为中国当代诗歌中的一篇佳作。

汪国真

汪国真（1956—2015），北京人。中国当代诗人、书画家。1982 年毕业于暨南大学中文系，大学期间开始诗歌写作。1990 年开始担任《辽宁青年》《中国青年》《女友》杂志的专栏撰稿人。1990 年出版第一部诗集《年轻的潮》，在北京高校掀起"汪国真诗歌热"。2005 年开始担任中国艺术研究院文学艺术创作中心主任。代表诗作是《我微笑着走向生活》《热爱生命》《感谢》等，著有诗集《年轻的潮》《年轻的思绪》等。

热爱生命 [1]

我不去想，
是否能够成功，
既然选择了远方，
便只顾风雨兼程。

我不去想，

能否赢得爱情，

既然钟情于玫瑰，

就勇敢地吐露真诚。

我不去想，

身后会不会袭来寒风冷雨，

既然目标是地平线，

留给世界的只能是背影。

我不去想，

未来是平坦还是泥泞，

只要热爱生命，

一切，都在意料之中。

注 释

〔1〕选自《读者》1988 年第 10 期。

鉴 赏

20 世纪 80 年代末、90 年代初，中国当代诗坛曾刮起一阵"汪国真热"。彼时的诗人被喻为"诗坛王子""缪斯最钟爱的男人"，他的诗歌在青年读者中如经文般被疯狂传抄，其中便有这首《热爱生命》。从诗歌的形式来看，全诗四小节均已"我不去想"开头和排比诗节，达到不断强化情感的坚定性的效果，同时使诗歌富有节奏感。诗人以坚定的口吻表现了年轻人的无畏与勇敢：选择了远方哪怕风雨兼程也要砥砺前行；遇到爱情即便会面临失败也要大胆追求；设定了人生的目标就要无怨无悔地一往无前……永远不对未来充满着犹豫和思虑，因为这就是青春、这就是生命赋予我们的活力。只有勇于拼搏、大胆挑战、热爱生命，才能一步一步地获得胜利、实现理想。诗人以坚定的口吻塑造了一个勇敢执着梦想的"我"的形象，以成功、爱情、奋斗和展望四个方面展开，更贴近青年人的心理，因此极易引起他们情感上的共鸣。这首诗语言朴素自然，简单凝练，借助玫瑰的意象寓意爱情、用远方指代理想极为形象自然。诗歌朗朗上口又便于记诵，也为全诗增色不少。

欧阳江河

　　欧阳江河（1956—　），原名江河，四川泸州人。中国当代诗人、批评家。1975 年中学毕业后下乡。1979 年开始诗歌写作。1983—1984 年，创作了著名长诗《悬棺》。90 年代曾旅居美国。曾获第九届华语文学传媒大奖"2010 年度诗人奖"。代表诗作有《玻璃工厂》《计划经济时代的爱情》等，著有诗集《透过词语的玻璃》《谁去谁留》《事物的眼泪》，评论集《站在虚构这边》。

玻璃工厂 [1]

1

从看见到看见，中间只有玻璃。

从脸到脸

隔开是看不见的。

在玻璃中，物质并不透明。

整个玻璃工厂是一只巨大的眼珠，

劳动是其中最黑的部分，

它的白天在事物的核心闪耀。

事物坚持了最初的泪水，

就像鸟在一片纯光中坚持了阴影。

以黑暗方式收回光芒，然后奉献。

在到处都是玻璃的地方，

玻璃已经不是它自己，而是

一种精神。

就像到处都是空气，空气近乎不存在。

2

工厂附近是大海。

对水的认识就是对玻璃的认识。

凝固，寒冷，易碎，

这些都是透明的代价。

透明是一种神秘的、能看见波浪的语言，

我在说出它的时候已经脱离了它，

脱离了杯子、茶几、穿衣镜，所有这些

具体的、成批生产的物质。

但我又置身于物质的包围之中，

生命被欲望充满。

语言溢出，枯竭，在透明之前。

语言就是飞翔，就是

以空旷对空旷，以闪电对闪电。

如此多的天空在飞鸟的躯体之外，

而一只孤鸟的影子

可以是光在海上的轻轻的擦痕。

有什么东西从玻璃上划过，比影子更轻，

比切口更深，比刀锋更难逾越。

裂缝是看不见的。

3

我来了，我看见，我说出。

语言和时间浑浊，泥沙俱下，

一片盲目从中心散开。

同样的经验也发生在玻璃内部。

火焰的呼吸，火焰的心脏。

所谓玻璃就是水在火焰里改变态度，

就是两种精神相遇，

两次毁灭进入同一永生。

水经过火焰变成玻璃，
变成零度以下的冷峻的燃烧，
像一个真理或一种感情
浅显，清晰，拒绝流动。
在果实里，在大海深处，水从不流动。

4

那么这就是我看到的玻璃——
依旧是石头，但已不再坚固。
依旧是火焰，但已不复温暖。
依旧是水，但既不柔软也不流逝。
它是一些伤口但从不流血，
它是一种声音但从不经过寂静。
从失去到失去，这就是玻璃。
语言和时间透明，
付出高代价。

5

在同一工厂我看见三种玻璃：
物态的，装饰的，象征的。

人们告诉我玻璃的父亲是一些混乱的石头。

在石头的空虚里，死亡并非终结，

而是一种可改变的原始的事实。

石头粉碎，玻璃诞生。

这是真实的。但还有另一种真实

把我引入另一种境界：从高处到高处。

在那种真实里玻璃仅仅是水，是已经

或正在变硬的、有骨头的、泼不掉的水，

而火焰是彻骨的寒冷，

并且最美丽的也最容易破碎。

世间一切崇高的事物，以及

事物的眼泪。

1987.9.6 于山海关

注 释

〔1〕选自《谁去谁留》，湖南文艺出版社 1997 年 8 月版。

鉴 赏

《玻璃工厂》是诗人欧阳江河 20 世纪 80 年代的作品，是一首聚焦诗歌本体思辨的长诗，其核心在探讨"语言"。80年代的中国诗人将诗歌写作的可能性向语言本体延伸，重新发现汉语作为语言本身的魅力，同时渴望在诗歌中完全释放出汉语作为一种语言的单纯的美感。"玻璃"是语言的指代，是沟通的介质，也是被迫变形化的意识输出。"词语""言说""语言"之间构成连贯又相互消解的联系。语言被表达时也在被加工，它或许就已经被动或主动地背反了所谓的"真实"。很难说是人在掌控语言，还是人被语言所掌控，两者在被动与主动之间相互合作又相互对抗。词语通过变形被编辑为语言的同时，事实上也经过了被物态、被装饰、被象征的过程，于是"玻璃已经不是它自己，而是／一种精神"。在诗人看来，中文的语言可被视为一种精巧装置，是一种超越优美的词语外在形态的存在，可以通过诗的方式彰显它的流动与多变。正像诗人欧阳江河一样，他从不把自己对诗歌的思考和表达停留在内容、情感、语言和表达上，他对当代诗歌应呈现出的思想深入和精神气质显然更为着迷。读罢《玻璃工厂》，人在反向逼近这首诗歌的精神内核的同时，就已经开启了自身对当代诗歌的思考——"我在说出它的时候已经脱离了它"。

顾 城

顾城（1956—1993），上海人。中国当代著名诗人、朦胧诗代表诗人之一。"文革"期间开始写作。创作初期诗风明丽纯净，后期诗风更为梦幻。1988年隐居新西兰激流岛。代表诗作是《一代人》《我是一个任性的孩子》《远和近》等，著有诗集《白昼的月亮》《舒婷　顾城抒情诗选》《北方的孤独者之歌》《铁岭》《黑眼睛》《北岛　顾城诗选》《顾城诗集》《顾城童话寓言诗选》《顾城新诗自选集》。被誉为"童话诗人"。

远 和 近 [1]

你，
一会儿看我，
一会儿看云。

我觉得，
你看我时很远，

你看云时很近。

1980 年 6 月

注 释

〔1〕原载《诗刊》1980 年 10 月号。

鉴 赏

　　"童话诗人"对顾城而言或许只是一个文化标签，童话诗尽管不能全然代表他的诗歌成就，但童话色彩和孩童视角却始终是顾城创作中极为突出的特色。这首《远和近》是顾城的代表作之一，整首诗简洁凝练，短短六行，杂糅着清丽梦幻与伤感苦涩之感。顾城以孩童般纯粹的视角勾勒出一个简单的视觉场景："你""我"和"云"构成了诗歌中的三个视点，"你"的视点在"云"和"我"之间游移，而"我"在被"你"观望的同时，也在静静地观望着"你"。"云"在天边"我"在旁，三者之间的"远"与"近"本来是极其分明，然而，作为感受唯一言说者的"我"却觉得在"你"眼中云比"我"更近。在这种感受的反转之中，顾城体察到了距离的真正意义，"远"和"近"不单纯指代的是实际的距离，更指代抽象的人与人之间心灵的阻隔、个体生命的孤独感。相比于人与人之间难以跨越的心理

戒备和彼此情感上的阻绝，人与自然之间与生俱来的亲密感却始终
不曾改变。如果说人与人之间是一种难以防备的冷漠，那么自然带
给人类的就是一种无需言说的舒适和安慰。可以看出，顾城的《远
和近》在天高云淡的宁静祥和之下是个体生命之间难掩的失落，童
话色彩、孩童视角和自然元素的使用则使这份感伤显得更为简单而
纯粹。

一 代 人 [1]

黑夜给了我黑色的眼睛，
我却用它寻找光明。

1979 年 4 月

注 释

〔1〕选自《星星》诗刊 1980 年第 3 期。

鉴 赏

《一代人》之于一个时代的青年们的意义，远胜于其作为诗人顾城的代表作的意义。短短两行，寥寥数字，却是一代人精神状态的真实写照。即使是这样一首承载了深刻历史内涵的诗作，诗人顾城依旧注入了他惯有的温柔，甚至可以说使用了一种具有童话色彩的笔调。在这首诗中，顾城用词精准而简练，每一个词语都饱含深意，值得细细品味和探究。诗题"一代人"指代的是与诗人一样在中国的特殊发展阶段——"文化大革命"期间成长起来的一代人。同时，诗人又以"黑夜"来暗喻这场政治文化运动下的时代状态，而"黑色"则体现出这一代人的成长中的困苦磨难和精神上的失落迷茫。"黑夜"与"光明"两个意象一首一尾，形成强烈的色彩和情感上的反差。正是这一代人，如暗夜行者，穷尽一生都在追寻光明，寻找生命的出口。一个"却"字则表明情感的转折，体现出历经命运苦难的这一代人并未被暗夜吞噬，而是将这一份黑暗转化为明辨是非的眼睛，进而去寻找真理、寻找真正的光明与正义。《一代人》虽篇幅简短，却意蕴深长，蕴含着深刻的思辨性和哲理性，展现了一代人面对跌宕的命运，依旧顽强而执着地追寻真理、寻找精神慰藉和心灵的归属。

张曙光

张曙光（1956— ），黑龙江望奎县人。中国当代诗人、翻译家、学者。1982年毕业于黑龙江大学中文系，大学期间开始诗歌创作。其后曾任职于出版社、报社，后任教于黑龙江大学文学院。曾获上海文学诗歌奖、刘丽安诗歌奖等，诗作被译为多国语言。代表诗作是《1965年》《岁月的遗照》等，著有诗集《小丑的花格外衣》《午后的降雪》《闹鬼的房子》，译有叶芝、里尔克、米沃什等的作品，随笔集《堂·吉诃德的幽灵》。

岁月的遗照 [1]

我一次又一次看见你们，我青年时代的朋友
仍然活泼、乐观，开着近乎粗俗的玩笑
似乎岁月的魔法并没有施在你们的身上
或者从什么地方你们寻觅到不老的药方
而身后的那片树木、天空，也仍然保持着原来的
形状，没有一点儿改变，仿佛勇敢地抵御着时间

和时间带来的一切。哦，年轻的骑士们，我们
曾有过辉煌的时代，饮酒，追逐女人，或彻夜不眠
讨论一首诗或一篇小说。我们扮演过哈姆雷特
现在幻想着穿过荒原，寻找早已失落的圣杯
在校园黄昏的花坛前，追觅着艾略特寂寞的身影
那时我并不喜爱叶芝，也不了解洛厄尔或阿什贝利
当然也不认识你，只是每天在通向教室或食堂的小路上
看见你匆匆而过，神色庄重或忧郁
我曾为一个虚幻的影像发狂，欢呼着
春天，却被抛入更深的雪谷，直到心灵变得疲惫
那些老松鼠们有的死去，或牙齿脱落
只有偶尔发出气愤的尖叫，以证明它们的存在
我们已与父亲和解，或成了父亲，
或坠入生活更深的陷阱。而那一切真的存在
我们向往着的永远逝去的美好时光？或者
它们不过是一场幻梦，或我们在痛苦中进行的构想？
也许，我们只是些时间的见证，像这些旧照片
发黄、变脆，却包容着一些事件，人们
一度称之为历史，然而并不真实

注 释

〔1〕选自《岁月的遗照》，社会科学文献出版社 1998 年版。

鉴 赏

20 世纪 80 年代，来自北方的诗人张曙光在他的诗歌中探索着叙事的新的方式。恰如黄礼孩所评价的那样："张曙光是一位有着凝重的叙事风格的诗人，他的诗歌结构精巧、平稳，语言趋于沉重感。"他诗歌中的沉重感往往不是从头至尾、一以贯之的，而是在平和的叙事中闪现诗人敏锐的情感捕捉力——他总是能够将叙事和思考的猛然转换处理得恰到好处。就像这首《岁月的遗照》，诗人由青年时代的朋友引发对曾经单纯、美好的青春岁月的怀想。于诗人而言，那是最辉煌的时代：青年时期那燃烧着无限激情的生命、精神上的自由甚至懵懂的爱情……而一切都在时间的脚步里留下了岁月的遗照。"我们已与父亲和解，或成了父亲"一句带来了时间的转折，由回溯似的思索回归对当下的思考：这一切是否真的存在过？真实与虚妄之间是否只隔着记忆，当岁月与记忆同谋，联手将我们抛弃，我们又将如何确认过往、又将如何确认历史呢？于是，诗人写道："或许，我们只是些时间的见证，像这些旧照片 / 发黄、变脆，却包容着一些事件，人们 / 一度称之为历史，然而并不真实"。张曙光对记忆、时间和历史之间关系的思考是通过一张泛黄的旧照片而起的，当人们需要借助外物确认自身的时候，显然记忆早已将其抛弃，而历史又何尝不是这样呢？

柏　桦

柏桦（1956—　），重庆人。中国当代诗人、学者。1979
年开始诗歌创作，同时进行文学批评及英美文学翻译，在国内
外刊物上发表了大量的作品。现为西南交通大学教授，成都市
作家协会副主席。代表诗作是《表达》《望气的人》《唯有旧日
子带给我们幸福》，著有诗集《表达》《望气的人》《往事》，回
忆录《左边——毛泽东时代的抒情诗人》等。

唯有旧日子带给我们幸福 [1]

墙上的挂钟还是那个样子

低沉的声音从里面发出

不知受着怎样一种忧郁的折磨

时间也变得空虚

像冬日的薄雾

我坐在黑色的椅子上

随便翻动厚厚的书籍

也许我什么都没有做

只暗自等候你熟悉的脚步

钟声仿佛在很远的地方响起

我的耳朵痛苦地倾听

想起去年你曾来过

单纯、固执，我感动得大哭

今夜我心爱的拜访还会再来吗？

我知道你总是老样子

但你每一次都注定带来不同的欢乐

我记得那一年夏天的傍晚

我们谈了许多话，走了许多路

接着是彻夜不眠的激动

哦，太遥远了

直到今天我才明白

这一切全是为了另一些季节的幽独

可能某一个冬天的傍晚

我偶然如此时

似乎在阅读，似乎在等候
性急与难过交替
目光流露宁静的无助
许多年前的姿态又会单调地重复

我想我们的消逝一定是一样的
比如头发与日历
比如夸夸其谈与年轻时的装束
那时你一生气就撕掉我的信封
这些美丽的事迹若星星
不同，却缀满记忆的夜空
我一想到它就伤心，亲切而平和

望着窗外渐浓的寒霜
冷风拍打着孤独的树干
我暗自思量这勇敢的身躯
究竟是谁使它坚如石头
一到春天就枝繁叶茂
不像你，也不像我
一次长成只为了一次零落

那些数不清的季节和眼泪

它们都去哪里了?

我们的影子和夜晚

又将在哪里逢着?

一滴泪珠坠落,打湿书页的一角

一根头发飘下来,又轻轻拂走

如果你这时来访,我会对你说

记住吧,老朋友

唯有旧日子带给我们幸福

注 释

〔1〕选自《温柔地死在本城》,中国文学出版社 1993 年版。

鉴 赏

诗人柏桦的这首《唯有旧日子带给我们幸福》是在一次静默无声的等待中完成的对"自我"的审视。这首诗带有叙事性质,然而,它更注重的是叙事主体情绪的流动以及作为等待者的"我"细微感受的呈现。柏桦在时间与空间内自如转换,时间的转换是跟随思绪

的流动任意抛掷继而又被自然拉回。坐在黑色椅子上的"我"的沉思形成了记忆回溯的时间与空间场域，由此来看，记忆的向前延伸呈现出的"追忆"仅仅是情绪在固定空间内流动的时间性的一个方向，而思考往往只需一瞬。《唯有旧日子带给我们幸福》中的"旧日子"并不是完满的所在，恰恰相反，它构成了引起此刻主体回忆的时间线索，能够带给我们幸福的诚然并不是所谓的"过去"，而是身处于"旧日子"中"我"所感受到的强烈的爱，以及我在彼时并没有意识到的可贵的、永不可逆的青春。"我"显然在等待着某人，年轻时的恋人或者一位老朋友，更或许是自己——与自我的对话。当然，柏桦并没有拘泥于表现个体对"自我"的等待与探寻，他更以此为基将思考引向了生存乃至历史："我想我们的消逝一定是一样的 / 比如头发与日历 / 比如夸夸其谈与年轻时的装束"，都在阐释存在与时间这样的哲学命题，而这种思考的出现却并不显得突兀。

王家新

　　王家新（1957—　　），湖北丹江口人。中国当代诗人、学者。1978 年入武汉大学中文系读书，期间开始诗歌创作。1982 年毕业，任教于湖北郧阳师专。1983 年参加诗刊组织的"青春诗会"。1985 年借调到北京《诗刊》社从事编辑工作。1992年去英国做访问学者。1994 年回国，调入北京教育学院中文系。2006 年，受聘于中国人民大学文学院。被视为 90 年代以来中国知识分子写作的代表性诗人。代表诗作是《帕斯捷尔纳克》《在山的那边》《纪念》《乌鸦》等，著有诗集《告别》《纪念》《游动悬崖》《王家新的诗》等。

帕斯捷尔纳克 [1]

不能到你的墓地献上一束花
却注定要以一生的倾注，读你的诗
以几千里风雪的穿越
一个节日的破碎，和我灵魂的颤栗

终于能按照自己的内心写作了
却不能按一个人的内心生活
这是我们共同的悲剧
你的嘴角更加缄默，那是

命运的秘密，你不能说出
只是承受、承受，让笔下的刻痕加深
为了获得，而放弃
为了生，你要求自己去死，彻底地死

这就是你，从一次次劫难里你找到我
检验我，使我的生命骤然疼痛
从雪到雪，我在北京的轰响泥泞的
公共汽车上读你的诗，我在心中

呼喊那些高贵的名字
那些放逐、牺牲、见证，那些
在弥撒曲的震颤中相逢的灵魂
那些死亡中的闪耀，和我的

自己的土地！那北方牲畜眼中的泪光
在风中燃烧的枫叶
人民胃中的黑暗、饥饿，我怎能
撇开这一切来谈论我自己？

正如你，要忍受更疯狂的风雪扑打
才能守住你的俄罗斯，你的
拉丽萨，那美丽的、再也不能伤害的
你的，不敢相信的奇迹

带着一身雪的寒气，就在眼前！
还有烛光照亮的列维坦的秋天
普希金诗韵中的死亡、赞美、罪孽
春天到来，广阔大地裸现的黑色

把灵魂朝向这一切吧，诗人
这是幸福，是从心底升起的最高律令
不是苦难，是你最终承担起的这些
仍无可阻止地，前来寻找我们

发掘我们：它在要求一个对称

或一支比回声更激荡的安魂曲

而我们，又怎配走到你的墓前？

这是耻辱！这是北京的十二月的冬天

这是你目光中的忧伤、探询和质问

钟声一样，压迫着我的灵魂

这是痛苦，是幸福，要说出它

需要以冰雪来充满我的一生

1990 年 12 月

注　释

〔1〕原载《花城》1991 年第 2 期。

鉴　赏

　　诗人王家新被视为 20 世纪 90 年代知识分子写作的代表，这与他进入 90 年代后诗歌风格呈现出的历史厚度与精英意识密切相关。《帕斯捷尔纳克》的完成实际上也呈现出诗人王家新创作的某种转变，其中同样能够嗅出时代发生转变的强烈气息。这首《帕斯捷尔纳克》写作于 1990 年，在由 20 世纪 80 年代向 90 年代过渡的这一时期，它的出现代表着王家新对当代知识分子生存境遇和精神之困的关注与思考。俄罗斯白银时代的诗人帕斯捷尔纳克是坚守知识分子独立思考、始终保持独立的创作个性的典型，王家新通过对帕斯捷尔纳克的致敬，含蓄地暗喻了面对时代际变当代知识分子对自我命运把握的无助与无力。由帕斯捷尔纳克联想到自身、联想到同时代的诗人们，王家新写道："终于能按照自己的内心写作了 / 却不能按一个人的内心生活 / 这是我们共同的悲剧"。整首诗凝重而深沉，浸透着理想主义消退后诗人的失落、迷茫与痛苦，它以个人的情绪为基点关照了一个时代的知识分子所面临的精神困惑。《帕斯捷尔纳克》是一个时代知识分子精神裂变的写照，同时带着强烈的民族意识和历史意识，应该说，它代表了以理想主义为烛照的80 年代的终结，开启了 90 年代知识分子写作的新的征程。

杨 克

杨克（1957—　），广西人。中国当代诗人、作家。20世纪80年代开始诗歌创作，在《人民文学》《诗刊》《中国作家》等诸多重要刊物上发表大量诗歌集评论，被视为"民间写作"代表性诗人之一。90年代末开始主编诗歌刊物《中国新诗年鉴》等。现为广东省作家协会副主席。代表诗作是《逆光中的那一棵木棉》《人民》《我在一颗石榴里看见了我的祖国》等，著有诗集《陌生的十字路口》《笨拙的手指》《有关与无关》等。

逆光中的那一棵木棉 [1]

梦幻之树　黄昏在它的背后大面积沉落
逆光中它显得那样清晰
生命的躯干微妙波动
为谁明媚　银色的线条如此炫目
空气中辐射着绝不消失的洋溢的美

杨
克

诉说生存的万丈光芒

此刻它是精神的灾难

在一种高贵气质的涵盖中

我们深深倾倒

成为匍匐的植物

谁的手在拧低太阳的灯芯

惟有它光焰上升

欲望的花朵　这个季节里看不见的花朵

被最后的激情吹向高处

我们的灵魂在它的枝叶上飞

当晦暗渐近　万物沉沦

心灵的风景中

黑色的剪影　意味着一切

1994/11/31

注　释

〔1〕选自《笨拙的手指》，北岳文艺出版社 2000 年 5 月版。

鉴 赏

这首《逆光中的那一棵木棉》是诗人杨克 90 年代前期的创作。在 20 世纪 90 年代中国当代诗坛随时代而走向裂变与分化的时候，在渐趋浮躁的世界里，杨克仍以诗歌呈现着对理想、情怀的重新体认。这是一首具有强烈象征意味的现代抒情诗，一棵木棉在逆光下仍洋溢着美和生命的活力，那光芒令人眩目。逆光下，木棉身上那种生存的光辉，顽强、抗争和不屈，自然赋予的不可撼动的高贵，深深地令诗人折服，使他在一瞬间感受到生命的可贵。或许在一个理想主义者走向昏暗的时代、在物欲和世俗吞没一切的时候，人能够坚守内心对某种信念的执着、对不可侵犯的神圣理想的守望显得如此难能可贵，它或许并不为顺应时代前进的洪流所裹挟，正如这棵逆光生长的植物，它仍保持着旺盛的生命力而不为周遭环境的变化而消萎——"当晦暗渐近　万物沉沦 / 心灵的风景中 / 黑色的剪影　意味着一切"，面对晦暗和阴影，坚守住内心的纯粹，哪怕只留下一抹暗色的剪影似乎就足够用以诠释生命的意义。整首诗以隐晦的象征意味取胜，诗歌的语言质朴而平实，诗人并没有一味追求词语的华丽和技巧，而是深沉地、在一种近乎静默地凝望中完成了对坚守信念、无畏逆境的一次心灵洗涤。

黑大春

黑大春（1960—　），原名庞春清，北京人。中国当代诗人。1983年到1984年创建"圆明园诗社"。代表诗作是《圆明园酒鬼》《当我在晚秋时节归来》等，著有诗集《圆明园酒鬼》《夜黑黑》《黑大春歌诗集》。

圆明园酒鬼 [1]

1

这一年我永远不能遗忘

这一年我多么怀念刚刚逝去的老娘

每当看见井旁的水瓢我就不禁想起她那酒葫芦似的乳房

每当扶着路旁的大树醉醺醺地走在回家的路上我就不禁这样
　想

我还是个刚刚学步的婴儿的时候一定就是这样紧紧抓着她的
　臂膀

如今我已经长大成人却依然摇摇晃晃地走在人生的路上而她

再也不能来到我的身旁

2

这一年呵每当我从醉梦中醒来
就再也摸不到自己那个麻木的脑袋
原来，它已变成了一个古铜色的陶罐
它已被一位亚洲的农妇抱在怀里走向荒芜的田园
我那永不再来的梦境呵就是陶罐上渐渐磨损的图案
我那永不再来的梦境呵就是陶罐上渐渐磨损的图案

3

这一年我还常常从深夜一直喝到天亮
常常从把月亮端起来一直到把星星的酒滴喝光
只是，当我望着那根干枯在瓶中的人参的时候
就好像看到了我那把死后的骨头
那时，我就会从坟中伸出那没有一点肉的酸枣刺
拉扯住过路人的衣裳，跟他们谈谈爱情谈谈生命也顺便谈谈
　　死亡
那时，我就会从杯底般深陷的眼窝中滴答出最后的一点点眼
　　泪

因为，我深信，我永远是这块亲爱土地上的

那个呕吐诗句像呕吐出一朵朵呛人的花的

那个春天的酒鬼

1984 年—1985 年

注 释

〔1〕选自《黑大春诗集》，长征出版社 2006 年 11 月版。

鉴 赏

　　《圆明园酒鬼》是诗人黑大春早期具有代表性的诗作，带有浓烈的家园意识。黑大春一直追求原初的、纯粹的诗歌，主张"把诗歌从印刷品的棺材里解放出来"。这首诗中的"圆明园"本就与出生于北京、居住在中关村的黑大春的童年记忆密切相关，它构成了诗人孩童时期对家园、土地以及自然的理解，而诗人自身嗜酒的天然本性在"酒鬼"一词上袒露无遗。于是我们在诗作看到了一个"酒鬼"酒醉后对世界的感知、对生活的思考。诗人借助一个酗酒之人的视角观察这个世界，它似乎传递的是一个酒鬼的"疯话"，甚至是因酒醉而产生的朦胧的幻觉。黑大春以酒醉、睡梦和幻觉隔离现实世界和幻想世界：在现实的世界中是母亲的去世，在幻想的世界

里"我"仍能依偎在母亲的怀抱;在现实的世界"我"孤独而悲郁,而在醉梦中"我"能够与人谈爱情、谈生命、谈死亡……"我"将肆意地、毫无顾忌地倾诉。黑大春在这首诗中投掷了饱满而强烈的情感,阴郁的调子和情感的起伏传递给读者的是一个清醒的"酒鬼",他对母亲、土地、家园、自然乃至世界都深沉地热爱着,诗人的情感如此浓烈,以至于在诗歌的最后他将自己书写诗歌时的感受与一个"酒鬼"醉酒后的呕吐相联系,它在某种程度上影射了诗歌的创作恰恰也需要诗人们"呕心沥血"。

陈东东

陈东东（1961—　　），上海人。中国当代诗人。1980年考入上海师范大学中文系，1981年开始诗歌创作，与诗人王寅、陆忆敏创刊民间诗刊《作品》，曾先后主编民间诗刊《倾向》和《南方诗志》。1987年参加《诗刊》社第七届青春诗会。1996年担任"刘丽安诗歌奖"评委，2000年任"安高（Anne　Kao）诗歌奖"评委等。代表诗作是《点灯》《雨中的马》，著有诗集《海神的一夜》《明净的部分》《即景与杂说》《解禁书》《夏之书·解禁书》等。

点　灯 [1]

把灯点到石头里去，让他们看看
海的姿态，让他们看看
古代的鱼
也应该让他们看看亮光
一盏高举在山上的灯

灯也该点到江水里去，让他们看看

活着的鱼，让他们看看

无声的海

也应该让他们看看落日

一只火鸟从树林里腾起

点灯。当我用手去阻挡北风

当我站到了峡谷之间

我想他们会向我围拢

会来看我灯一样的

语言

一九八五年

注 释

　　〔1〕选自《海神的一夜》，改革出版社 1997 年版。

鉴 赏

　　诗人臧棣评价陈东东的诗歌是："文本的本文，洋溢着一种漂亮的、华美的、新奇的，将幻想性与装饰性融于一体的，执著于本文表层的语言光泽，犹如汉语诗歌的巴黎时装。"诚然，诗人陈东东早期的诗作极度关注语言本身，《点灯》作为其代表作之一明显地呈现了诗人对诗歌与语言之间关系的理解。诗人对音乐或者说声音异常敏感，这使得其诗歌多富有音乐性，自然也影响到诗歌语言的使用。在前两节中，诗人反复地强调着诗歌的乐感，这是通过发掘语言的"力"实现的——以语言之"灯"穿透石头、江水那些似乎"灯"所不能抵达的地方，使语言穿越时空的界限在诗歌的世界里自由穿梭，释放语言作为诗歌除表意外的力量，这力量正如"一只火鸟从树林里腾起"般带着沸腾的热度，让人震惊。在"第三代"诗人们更多表现出语言的"暴力"和情感的宣泄的时候，陈东东以诗歌内在的音乐律约束着其诗歌中的语言，带着跳跃性的节奏。最后一节的"点灯"二字，更像是作为诗人的陈东东的某种宣言：关注诗歌语言本身，创造一种新的、纯粹的新诗语言。如果说《点灯》前两节的基调都是平缓而优美的，那么最后一节"当我用手去阻挡北风 / 当我站到了峡谷之间"，则进一步暴露出诗人的"野心"——使语言回归语言本身。

骆一禾

骆一禾（1961—1989），浙江杭州人，生于北京。中国当代诗人、编辑。1979年考入北京大学中文系，1983年开始发表诗作。1984年毕业，任北京出版社《十月》文学编辑部编辑，后主持《十月之诗》栏目。1988年参加《诗刊》举办的青春诗会。1989年5月31日因脑血管突发大面积出血去世，年仅28岁。代表诗作是《先锋》《麦地——致乡土中国》《向日葵——纪念梵高》等，著有诗集《世界的血》《骆一禾诗全编》等。

麦　地 [1]
——致乡土中国

我们来到这座雪后的村庄

麦子抽穗的村庄

冰冻的雪水滤下小麦一样的身子

在拂晓里　她说

不久，我还真是一个农民的女儿呢

那些麦穗的好日子
这时候正轻轻地碰撞我们——
麦地有神，麦地有神
就像我们盛开花朵

麦地在山丘下一望无际
我们在山丘上穿起裸麦的衣裳
迎着地球走下斜坡
我们如此贴近麦地

那一天蛇在天堂里颤抖
在震怒中冰凉无言　享有智谋
是麦地让泪水汇入泥土
尝到生活的滋味

大海边人民的衣服
也是风吹天堂的
麦地的衣服
麦地的滚动

是我们相识的波动

怀孕的颤抖

也就是火苗穿过麦地的颤抖

1987.11.15

鉴赏

20 世纪 80 年代中后期，中国北方的两位诗人——海子与骆一禾都在"麦地"的意象中窥见了乡土中国，并赋予了"麦地"新的文化含义。与海子诗中浸透着的对"麦地"的热烈情感不尽相同，骆一禾在守望乡土中国的情感中更添了一份对神圣土地的敬畏与沉思。这首《麦地——致乡土中国》便体现出骆一禾的守望意识。诗人以"雪后"为时间线索开启了全诗，徐徐寒意突显了"麦地"的生命力，它顽强而无畏，永葆着勃勃的生命力。时间的线索既而转向一种知觉，诗人仿佛感知到某种来自"麦地"的"神秘"，于是他和缓地倾吐道："麦地有神，麦地有神。"然而，与神的庄重而不可侵犯不同，"麦地"是包容的、是慷慨的、是无私的，这使人与大地之间仿若亲密无间，有能保证生命传递的内在关联——"我们如此贴近麦地"。在诗的最后，骆一禾显然思考并暗示了"麦地"原始的生殖力和生命力，而这生命力恰恰是古老的乡土中国文化内核中最为重要的一部分。显然，"麦地"与"村庄"之间构成了哺育与受哺育的关系，如同"我们"与乡土中国之间一样，这哺育是物质性的，更是精神性的。骆一禾在这首诗中显然没有投掷强烈波动的情绪，这使得整首诗显露出一种祥和的平缓，而在语言上又符合乡土主题的平实与诚恳，因此读来更能觉出恬淡之美。

韩 东

　　韩东（1961—　），江苏南京人。中国当代诗人、作家。1982年毕业于山东大学哲学系，1985年创办民间文学刊物《他们》，以此形成"他们"诗群，被视为"第三代"诗人。提出"诗到语言为止"，强调语言对诗歌的重要意义。1990年加入中国作家协会。代表诗作是《你见过大海》《有关大雁塔》《山民》等，著有诗集《吉祥的老虎》《爸爸在天上看我》，诗文集《交叉跑动》等。

有关大雁塔[1]

有关大雁塔
我们又能知道些什么
很多人从远方赶来
为了爬上去
做一次英雄
也有的还来做第二次

或者更多

那些不得意的人们

那些发福的人们

统统爬上去

做一做英雄

然后下来

走进这条大街

转眼不见了

也有有种的往下跳

在台阶上开一朵红花

那就真的成了英雄

当代英雄

有关大雁塔

我们又能知道什么

我们爬上去

看看四周的风景

然后再下来

1985 年

注 释

〔1〕选自《关东文学》1987 年第 7 期。

鉴 赏

"第三代"诗人韩东的这首诗歌《有关大雁塔》，常被世人与朦胧诗人杨炼所作的《大雁塔》一诗相比较，认为前者是对后者的某种反叛。实际上，韩东自己也曾承认他对朦胧诗人的反叛带着些许"弑父"的意味，他在《有关大雁塔》中反叛的正是杨炼等朦胧诗人们诗歌中残存的高浓度的英雄主义和崇高感。当杨炼将大雁塔这样一个具有历史感的文化古迹塑造为一个承载着民族痛苦和希望的化身，在诗中投掷了太多的英雄主义情结的时候，韩东却在其同样描写大雁塔的诗中不断地拆解着它的崇高感："爬上去 / 做一做英雄 / 然后下来，"不过如此。面对被赋予宏大的崇高感的大雁塔，我们又能知道什么？韩东等"第三代"诗人对诗歌的宏大叙事方式、人们对所谓英雄主义情结的盲目追求提出了质疑和反思，他们意识到英雄主义和真正的崇高并非当代诗歌表现的唯一的抒情方式，真正的英雄并不是爬上历史赋予的虚无，而是消隐于日常生活之中。韩东正是在不断拆解大雁塔被赋予的崇高感的过程中，重新确立了新一代诗人对英雄主义的理解：大多数人都只是或者说只能是日常生活中的普通人而已。因此，在这首诗当中，可以读到诗人韩东辛辣的反讽、幽默背后真切的思考。

吉狄马加

吉狄马加（1961—　　），彝族，四川凉山人。中国当代诗人。1982年毕业于西南民族学院中文系，毕业后历任《凉山文学》编辑、主编，凉山文联主席、四川省作家协会副主席等。1995年开始担任《民族文学》主编、中国作家协会书记处书记。2006年后历任青海省人民政府副省长、宣传部部长等职务。代表诗作是《猎人崖》《自画像》《彝人》等，著有诗集《初恋的歌》《一个彝人的梦想》《罗马的太阳》等。

自 画 像 [1]

风在黄昏的山冈上悄悄对孩子说话

风走了，远方有一个童话等着它

孩子留下你的名字吧，在这块土地上

因为有一天你会自豪地死去

——题记

我是这片土地上用彝文写下的历史

是一个剪不断脐带的女人的婴儿

我痛苦的名字

我美丽的名字

我希望的名字

那是一个纺线女人

千百年来孕育着的

一首属于男人的诗

我传统的父亲

是男人中的男人

人们都叫他支呷阿鲁

我不老的母亲

是土地上的歌手

一条深沉的河流

我永恒的情人

是美人中的美人

人们都叫她呷玛阿妞

我是一千次死去

永远朝着左睡的男人

我是一千次死去

永远朝着右睡的女人

我是一千次葬礼开始后

那来自远方的友情

我是一千次葬礼高潮时

母亲喉头发颤的辅音

这一切虽然都包含了我

其实我是千百年来

正义和邪恶的抗争

其实我是千百年来

爱情和梦幻的儿孙

其实我是千百年来

一次没有完的婚礼

其实我是千百年来

一切背叛

    一切忠诚

一切生

    一切死

> 呵，世界，请听我回答
>
> 我——是——彝——人

注 释

〔1〕选自《初恋的歌》，四川民族出版社 1985 年版。

鉴 赏

彝族诗人吉狄马加的诗歌多根植于对自己民族的深沉的热爱。吉狄马加说他作为一个彝族诗人的梦想就是用诗歌去表现彝族的历史和生活，去揭示他的民族所蕴含着的人类的命运，这首《自画像》正是诗人为彝族而作的一幅诗歌画像。诗人采用了第一人称"我"的口吻，借助"我"的视角俯览整个民族的历史。吉狄马加深受彝族传统民歌和口头文学的影响，在《自画像》出现的、作为民族生命源头的父亲"支呷阿鲁"和母亲"呷玛阿妞"就来自彝族创世史诗和抒情长诗。诗人借用这两个形象生动地表明彝族悠久的历史，然而，这个民族同样承载着太多的苦难。"我"不仅仅是用彝文写下的历史的胎儿，更经受着千百年来苦难的磨砺，是一切背叛与忠诚、一切生与死的混合物，而这所有的一切都融合成了彝族的全部过去和现在，这一切拼凑成了彝族的"自画像"。毫无疑问，《自画像》饱含着吉狄马加强烈的民族意识。诗人的语调深沉，记录下了彝族历经沧桑和苦难的洗礼所造就的坚韧的品格。这样一个民族是具有世界性的，诗人渴望借此向世界呈现这个古老而坚韧的民族，渴望世界倾听彝族人的声音。《自画像》是一首具有历史厚重感和满载民族情感的诗作，有诗人对故乡深深的眷恋，有对民族苦难的倾诉。

张 枣

张枣（1962—2010），湖南长沙人。中国当代诗人、学者、诗歌翻译家。1978年就读于湖南师范大学外语系，1986年获四川外语学院英美文学硕士，同年出国，常年旅居德国。1996年在德国获文学博士学位，后在图宾根大学任教。归国后曾任教于河南大学、中央民族大学。代表诗作是《镜中》《何人斯》《灯心绒幸福的舞蹈》等，著有诗集《春秋来信》《张枣的诗》。

镜　中 [1]

只要想起一生中后悔的事
梅花便落了下来
比如看她游泳到河的另一岸
比如登上一株松木梯子
危险的事固然美丽
不如看她骑马归来
面颊温暖，

羞惭。低下头，回答着皇帝
一面镜子永远等候她
让她坐到镜中常坐的地方
望着窗外，只要想起一生中后悔的事
梅花便落满了南山

注 释

〔1〕选自《春秋来信》，文化艺术出版社 1998 年 3 月版。

鉴 赏

《镜中》和《何人斯》创作于 1984 年，同为诗人张枣的成名作。诗人柏桦曾评价这两首诗共同奠定了张枣作为大诗人的声誉，认为张枣的诗风就此定型，并预示了他在传统中创造新诗学的努力。显然，张枣在其汉语新诗的创作实践中完成了自己新诗崭新"语言帝国"的缔造。这首《镜中》乍看起来，读者首先感受到的应该是其中蕴含着的清丽的古典之美。张枣借用了传统诗歌中"闺怨诗"的叙事情景，同时将现代汉语诗歌的现代性与其相结合，因此由语言的不确定性生发出多重的意义解读方向。全诗最为明显的特点是诗人以"镜子"为媒介反射出镜中的"她"和"皇帝"的镜中之像，形成了镜外人和镜内人双重动作主体。当"她"想起一生中后悔的事，情绪的流动如同漫漫落于南山的梅花，张枣将无形的思绪动态化了。整首诗是由动作相互接续与连缀，张枣却藏匿其部分行动的主体，将诗中动作无主化，以此形成了解读的多向性，同时也营造了一种古典情景中的东方情调与含蓄之美。创作《镜中》这首诗时，张枣在手稿中几度揣摩过词语的使用，他在寻找的或许是词语与语义间最大限度的弹性。毫无疑问，张枣以他的诗歌为媒介探寻着母语创作的无限可能，并显然发掘到此中蕴藏着的深邃的奥秘。

李元胜

李元胜（1963—　），四川武胜人。中国当代诗人、作家、媒体人。1983年毕业于重庆大学电机专业。1981年开始诗歌创作，1985年调入《重庆日报》。2003年凭借组诗《景象》获人民文学奖。2014年诗集《无限事》获得第六届鲁迅文学奖诗歌奖。代表诗作是《景象》《我想和你虚度时光》等，著有诗集《玻璃箱子》《另一个有相同伤口的我》《重庆生活》《无限事》《我想和你虚度时光》等。

我想和你虚度时光 [1]

我想和你虚度时光，比如低头看鱼
比如把茶杯留在桌子上，离开
浪费它们好看的阴影
我还想连落日一起浪费，比如散步
一直消磨到星光满天
我还要浪费风起的时候

坐在走廊发呆，直到你眼中乌云

全部被吹到窗外

我已经虚度了世界，它经过我

疲倦，又像从未被爱过

但是明天我还要这样，虚度

满目的花草，生活应该像它们一样美好

一样无意义，像被虚度的电影

那些绝望的爱和赴死

为我们带来短暂的沉默

我想和你相互浪费

一起虚度短的沉默，长的无意义

一起消磨精致而苍老的宇宙

比如靠在栏杆上，低头看水的镜子

直到所有被虚度的事物

在我们身后，长出薄薄的翅膀

注 释

〔1〕选自《我想和你虚度时光》，重庆大学出版社 2015 年 9 月版。

鉴 赏

　　人生在世，恍若白驹过隙，究竟应该如何度过这一生？当人们纷纷以"当他回首往事的时候，不会因为虚度年华而悔恨，也不会因为碌碌无为而羞耻"为目标时，诗人李元胜却在其诗中表现出对"虚度时光"的渴望。《我想和你虚度时光》透露着一种平淡而轻巧的愉悦，能感受到诗人内心的平静，它似乎在描绘一种恋爱中的情绪，恋人间的彼此陪伴，一同感受生活的点滴和琐碎中的美感。实际上，诗人李元胜在这首诗歌里探讨了"虚度"的意义，他以"虚度时间"的各种消磨方式展开诗歌，比如低头看鱼、一起观落日、一起散步、一起发呆……当"虚度"成为时间流逝的方式，它实际上就已经构成了生命的意义。也就是说，李元胜在看似无意义的时光的消磨中，发现了"虚度"本身就是生活的意义的一部分。而那些我们往往看重的生活的追求、忙碌、意义等等，在看似"不虚度"的过程中其意义也在经受着被解构。诗人揭示的似乎是人生存哲学中的某种悖论：在短暂生命的消耗中，意义的追寻并不能完全实现意义本身。于是诗人在最后明确："所有被虚度的事物／在我们身后，长出薄薄的翅膀"，当我们不再过度关注生命、时间和存在的意义，我们自身便足以呈现意义本身。

西 川

　　西川（1963—　），原名刘军，祖籍山东，江苏徐州人。中国当代诗人、学者。1974年考入北京外国语学院附属外语学校，1981年考入北京大学英文系，与海子、骆一禾并称为"北大三诗人"。1985年毕业后到新华通讯社国际部，在《环球》杂志社任编辑。1988年与陈东东等一起创办诗刊《倾向》。1995年编有《海子的诗》，1997年编有《海子诗全编》。曾获鲁迅文学奖、庄重文学奖等诸多奖项。代表作是《在哈尔盖仰望星空》《虚构的家谱》《另一个我的一生》等，著有诗集《中国的玫瑰》《隐秘的汇合》《虚构的家谱》《大意如此》等，诗论集《大河拐大弯》，译有《博尔赫斯八十忆旧》等。

在哈尔盖仰望星空 [1]

有一种神秘你无法驾驭
你只能充当旁观者的角色
听凭那神秘的力量

从遥远的地方发出信号

射出光来，穿透你的心

像今夜，在哈尔盖

在这个远离城市的荒凉的

地方，在这青藏高原上的

一个蚕豆般大小的火车站旁

我抬起头来眺望星空

这时河汉无声，鸟翼稀薄

青草向群星疯狂地生长

马群忘记了飞翔

风吹着空旷的夜也吹着我

风吹着未来也吹着过去

我成为某个人，某间

点着油灯的陋室

而这陋室冰凉的屋顶

被群星的亿万只脚踩成祭坛

我像一个领取圣餐的孩子

放大了胆子，但屏住呼吸

注 释

　　〔1〕选自《我和我——西川集 1985~2012》，作家出版社 2013 年版。

鉴 赏

　　《在哈尔盖仰望星空》属于诗人西川早期的创作，带着神秘主义色彩。这首诗成为西川的一种标签意义的代表作，受到选家的青睐。而西川本身却似乎深为这首代表作"苦恼"，诗人曾自评其"代表了我青年时代对文字之美的片面理解、多愁善感、煞有介事、矫情和浪漫主义"。诗中所指的"哈尔盖"位于青海省北部，20 世纪 80 年代西川游历青海湖，途经哈尔盖时，在仰望星空的瞬间，诗人受到来自自然的感召，仿佛灵魂在刹那间被一只无形的手猛然扼住。在自然和宇宙面前，人类显得那样渺小而无力。这种力量神秘而伟大，是人类永远无法主宰和驾驭的，只能臣服着做一个"旁观者"。夜晚诗人停留在哈尔盖车站旁，万籁寂静之中，似乎只有自然与其做伴。河汉无声、鸟翼稀薄、疯长的青草和安宁的马群，周遭的平静使诗人只关注于自己的感受。在空间的静谧之中，诗人以"风"为连结物，将思绪转向时间的长河："风吹着未来也吹着过去。"面对宇宙的博大与神秘，人类只能像领圣餐的孩子，屏住呼吸。这首诗歌的语言并不抽象，平稳的叙事背后却流动着诗人滚烫的震撼。尽管诗人认为 22 岁的自己并没有将当时感受到的力量进行更深入

的思考而是简单地引向了宗教感，但整体来看，《在哈尔盖仰望星空》
也的确能够代表其早期的诗歌成就。

臧　棣

臧棣（1964—　），北京人。中国当代诗人、教授。1983
年考入北京大学中文系，同年开始诗歌创作，1987年刊印诗集
《大雨》。1989年参与创办诗歌刊物《发现》。1996年刊印个人
诗集《燕园纪事》，参与创办民间诗刊《标准》，同年任教于北
京大学中文系。1999年赴美访学，参与创办《中国诗歌评论》丛刊。
曾获《南方文坛》2005年度批评家奖、"当代十大新锐诗人"、"中
国当代十大杰出青年诗人"等。代表诗作是《未名湖》《爱情植物》
《个人书信史话》等，著有诗集《燕园纪事》《新鲜的荆棘》《风
吹草动》《空城计》《未名湖》《慧根丛书》《小挽歌丛书》等。

个人书信史话 [1]

似乎有大多的空白，
聚集在这尚未被书写过的
信纸上。所以有时
倾诉就像是在填写调查表。

涉及到情绪，牵连到

被反复怀疑的事物；有时

奇怪地，竟关系到个人的幸福。

多少次：写信就像是

一份不能辞职的工作。

有谁会暗自庆幸他的身体

像一本装有消音器的书：

其中的一部分，必然要复印出来，

并寄给一双美丽的眼睛。

多少次，信写得过于漂亮，

这反而吸引了更多的空腹的空白。

好像一双手的确可以

灵活如色彩斑斓的蝶翼。

而更多的空白则表明：

语言自己就会做梦，并像

一条防空洞一样有一个深处。

虽然最终有两个人会走到那里，
并把它作为一件事情来熟悉。
多少次，多少场轰轰烈烈：
仔细一想，其实只有两个人。

有时，两个人意味着拥挤不堪。
有时，两个人即便互相信任，
互相依靠，也难以应付一种爱的
恐惧。也有时，每一个写下的字

都很顺手，一下子变成为
满园的黑郁金香，能将针对着
空白的包围圈不断缩小：仿佛
一封信仍可以引起一场战事，

像唐朝的檄文；或者结束一段
情感，像折断一根细长的柳枝。

1995.5.16

注　释

　　〔1〕选自《燕园纪事》，文化艺术出版社 1998 年 3 月版。

鉴　赏

　　诗人臧棣是赞成纯粹的诗歌美学的，他对诗歌的严苛并不在诗歌意义之外，而是着眼于诗歌的内部结构。《个人书信史话》体现出臧棣对诗歌结构的关注，它的语言纤巧而凝练，和缓中带有古典主义的韵味。臧棣在这里将"书信"这一日常性的生活经验陌生化、抽象化和意象化了，他探讨了书信作为语言载体后随之生成的功能意义，由写信的动作而生成的语言的意义似乎已经超越了原本的单纯，当写信变成"填写调查表""一份不能辞职的工作"并经过"反复怀疑"和"复印"等外在干预之后，尽管"信写得过于漂亮"而实际上却带来了意义的"空白"。"个人书信史话"是以语言为媒介进行的人际间沟通与交流，臧棣试图阐明由语言带来的某种暴力的美学，它不再仅仅只是信纸上的无温度的文字，而是"语言自己就会做梦，并像 / 一条防空洞一样有一个深处。"语言在书信生成的过程中似乎已衍生出自己的意义，而当语言落纸成文，似乎书写者和阅读者双方都感受到了亲密感之中的丝丝疏离与警惕。臧棣在这首诗中将看似简单的人际书信往来以及个人化的书信经验，带入非庸常化的诗歌美感之中，透露着几分哲学式的思考。

海 子

海子（1964—1989），原名查海生，安徽怀宁人。中国当代著名诗人。1979年15岁考入北京大学法律系。大学期间开始诗歌创作。1984年使用"海子"笔名，创作成名作《亚洲铜》《阿尔的太阳》。7年时间创作了近200万字作品。1989年在山海关附近卧轨自杀，年仅25岁。著有短诗集《春天，十个海子》《黑夜的献诗》《面朝大海，春暖花开》，长诗集《太阳·断头篇》《太阳·土地篇》《太阳·弑》《太阳，你是父亲的好女儿》《太阳·诗剧》《太阳·弥赛亚》《土地篇》《太阳，天堂和唱》和《太阳·大札撒》（残稿）等，出版诗歌集《小站》《河流》《新娘》《活在珍贵的人间》《传说》《房屋》《五月的麦地》《如一》《村庄》《祖国》《麦地之瓮》。被誉为"麦地诗人"。

面朝大海，春暖花开 [1]

从明天起，做一个幸福的人
喂马，劈柴，周游世界

从明天起，关心粮食和蔬菜

我有一所房子，面朝大海，春暖花开

从明天起，和每一个亲人通信

告诉他们我的幸福

那幸福的闪电告诉我的

我将告诉每一个人

给每一条河每一座山取一个温暖的名字

陌生人，我也为你祝福

愿你有一个灿烂的前程

愿你有情人终成眷属

愿你在尘世获得幸福

我只愿面朝大海，春暖花开

1989. 1. 13

注　释

〔1〕选自《海子诗全编》，上海三联书店1997年2月版。

鉴赏

　　读过这首诗的人，似乎很难将这个期盼"从明天起，做一个幸福的人"的诗人海子和那个 25 岁便选择卧轨自杀的年轻人联系在一起。这首诗或许并不是海子写得最好的一首，但却是影响最大的一篇。他的一句"我只愿面朝大海，春暖花开"所表达的自由宁静的生活理想，不知曾让多少读者心驰神往、憧憬和传颂。整首诗明丽清澈，基调纯净、欢快而明媚。诗人的第一句诗就阐明了抒情主人公的生活理想——做一个幸福的人。诗人渴望通过喂马、劈柴、周游世界、关心粮食和蔬菜、一所面朝大海的房子等简单而普通的行为和事物，发掘自然而真实的生命状态。尽管诗人描绘的是再简单不过的生活场景，但其中却蕴藏着主人公真切的幸福感。于是在第二节和第三节，抒情主人公以书信的形式试图告诉每一个人自己幸福的感受，并向陌生人、向整个世界送上由衷的祝福，祝福他们能够获得世俗的幸福：灿烂的前程和美好的爱情。但这尘俗的幸福与诗人无关，诗人想在这个未知的"明天"里追寻一份远离世俗的自由、质朴而简单的幸福。然而，"面朝大海，春暖花开"似乎也只能成为诗人"只愿"而难以实践的憧憬，它给了全诗主题一个温暖的诠释，同时也埋下了一个伤感的伏笔。

答　复 [1]

麦地

别人看见你

觉得你温暖，美丽

我则站在你痛苦质问的中心

被你灼伤

我站在太阳　痛苦的芒上

麦地

神秘的质问者啊

当我痛苦地站在你的面前

你不能说我一无所有

你不能说我两手空空

麦地啊，人类的痛苦

是他放射的诗歌和光芒

1987

注 释

〔1〕选自《海子诗全编》，上海三联书店 1997 年版；《答复》是海子总题
为《麦地与诗人》两首短诗中的一首，另一首为《询问》。

鉴 赏

海子曾表明自己其实无意做一名抒情诗人，他所追求的是"融
合中国的行动成就一种民族和人类的结合，诗和真理合一的大诗"。
在海子的追求中，"麦地"成为承载海子精神气质的独特意象，"麦
地诗人"是诗人海子的文化标签。"麦地"作为意象而言并非新的
发明，但是谁也无法否定的是这一意象在海子的诗中其意义得到
无限地扩容。《答复》是海子《麦地与诗人》中的一首短诗，它凝
练地呈现了海子精神上永恒的"孤独"主题，沿袭了一贯的"海子
式"的忧郁。在生机盎然的、蓬勃的麦地中间，诗人却感到来自内
心痛苦的灼痛，金黄的麦田如阳光般焦灼着诗人。海子将自己不被
外部世界理解的痛苦，倾诉于麦地面前。"当我痛苦地站在你的面
前 / 你不能说我一无所有 / 你不能说我两手空空"，实际上是海子严

峻地拷问自己的内心、拷问自己的灵魂，是诗人与自我的对话。在这里又一次出现了"空旷意识"，当诗人在外部世界寻求不到精神上的共鸣的时候，在巨大的孤独感又一次猛烈地灼烧着诗人的内心的时候，诗人只有将情绪以疑问的方式倾泻出来，然而"麦地"永恒的沉默又使寻求答案的希望落空。是的，"你不能说我一无所有，你不能说我两手空空"，或许是诗人在向自然倾吐内心痛苦时的自我安慰。

伊 沙

　　伊沙（1966—　　），原名吴文健，四川成都人。中国当代诗人、作家、翻译家。1983 年开始诗歌写作，1985 年考入北京师范大学中文系。1988 年参与组建"感悟诗派"，油印个人诗集《寂寞街》，同年发表《伊沙诗抄》，引起剧烈反响。1989 年毕业到西安外国语学院工作。21 世纪以来颇受关注，被视为"民间写作"的代表诗人之一。代表诗作是《结结巴巴》《车过黄河》《饿死诗人》等，著有诗集《一行乘三》《饿死诗人》《伊沙这个鬼》《在长安》等。

饿死诗人 [1]

那样轻松的　　你们

开始复述农业

耕作的事宜以及

春来秋去

挥汗如雨　　收获麦子

你们以为麦粒就是你们

为女人迸溅的泪滴吗

麦芒就像你们贴在腮帮上的

猪鬃般柔软吗

你们拥挤在流浪之路的那一年

北方的麦子自个儿长大了

它们挥舞着一弯弯

阳光之镰

割断麦秆　自己的脖子

割断与土地最后的联系

成全了你们

诗人们已经吃饱了

一望无边的麦田

在他们腹中香气弥漫

城市最伟大的懒汉

做了诗歌中光荣的农夫

麦子　以阳光和雨水的名义

我呼吁：饿死他们

狗日的诗人

首先饿死我

一个用墨水污染土地的帮凶

一个艺术世界的杂种

1990

注　释

〔1〕选自《饿死诗人》，中国华侨出版社 1994 年版。

鉴　赏

　　当代诗歌在先锋诗人伊沙这里被彻底地口语化，甚至到了"粗鲁"的地步。伊沙希望诗歌能够"到语言发生的地方去。把意义还原为一次事件"，因此他对诗歌语言自由流动性的关注要远远超出对诗歌意义的追求。《饿死诗人》是伊沙的 20 世纪 90 年代的作品，它一方面鲜明地呈现出伊沙反传统、反抒情的极致口语化写作风格，另一方面以戏谑和调侃的方式探讨了当下诗歌渐趋边缘化过程中诗人的生存危机。在这首诗中，伊沙调侃了诗人们的写作是"那样轻松""城市最伟大的懒汉 / 做了诗歌中光荣的农夫"，以反讽的方式揭示出一个将诗歌边缘化的时代到来了，这是一个要将诗人们狠狠"饿死"的时代，而一个"饿死诗人"的时代又会怎样？这是伊沙留给读者的思考。与此同时，伊沙在解构传统概念中"诗人"的意义，明确了自己对"诗人"的重新理解——真正的诗人不是一种写作的姿态，真正的诗人在精神上是"饿不死"的。伊沙在《饿死诗人》中采用了极端的语言的"暴力"，解构了崇高、优美对诗歌的律令。诗作最后，伊沙近乎用了充满"愤恨"的语气呼吁："饿死他们／狗日的诗人"。在充满调侃与戏谑的语言背后，隐现着诗人内在的精神危机以及对诗歌当下状态的担心与焦虑。这种将语言的情绪毫无保留地肆意袒露的方式，充分地体现了伊沙反叛传统的写作和语言方式的先锋色彩。

西 渡

西渡(1967—　　),原名陈国平,浙江浦江人。中国当代诗人、诗歌批评家。80年代开始诗歌创作,1989年毕业于北京大学中文系。90年代开始兼事诗歌批评。1997年获得刘丽安诗歌奖。诗人戈麦去世后,编辑了《戈麦诗全编》,与臧棣合编《北大诗选》。现任职于清华大学。代表诗作是《在月光下抚摸细小的骨头》《当风起时》《一个钟表匠人的记忆》等,著有诗集《雪景中的柏拉图》《草之家》等,诗歌评论集《守望与倾听》。

当风起时 [1]

当风起时
我看见许多正在消失的景物
我内心的深痛无法解释
友人的身影在风中越走越远
灯火熄灭的街头
我独自把背叛了我的爱人怀念

一个人把另一个人怀念

这孤独说穿许多人生的秘密

有许多人用他们的一生默默体认孤独

对自己以往的经历，有许多人

讳莫如深

而我在大地上四处流浪，期望和另一个人相遇

但幸福显得多么遥远

阳光需要走多久

马匹需要走多久

还有人在风中制造房屋

把自己砌进更深的孤独

没有人应邀进入我的内心

和一个人擦肩而过时

突然的一道阳光会停留多久

当风起时

许多人想起一生的憾事

许多人吹灭蜡烛

怀念把他们引入阴暗的梦乡

当风起时
许多人一直把匕首刺入自己的心脏

注释

〔1〕选自《太阳日记》，南海出版公司 1991 年 5 月版。

鉴赏

　　诗人西渡这首《当风起时》的结构异常精巧，语言精练而准确，呈现出一种成熟的气息。"当风起时"毫无疑问是一种隐喻，风无形无影，恰如人的思绪，风起时，其实是人的情绪在流动、在波动，西渡将流动的情绪知觉化了。探讨"孤独"的情绪似乎是《当风起时》的主题，无限的孤独、人与人之间的距离与隔阂、对被他人了解的渴望。我们或许可以这样理解，无法分辨出是孤独情绪的莫名而生带来了对"起风"的感知，抑或是"起风"触发了诗人对孤独的强烈感受，抑或是孤独就是人情绪上的某种"风暴"，而这风暴恰恰是由"我看见许多正在消失的景物"引起的。这里的"风"当然也可以理解为某种时代的"风向"，友人的离去、爱人的背叛以及那些对过往讳莫如深的人们，都陷入了有关"风"的深深隐喻之中。"风起"显然牵动了诗人对"过去"的某种回想，而对"过去"又全然寻不到得以重新进入的可能，这时个人与历史之间巨大的时间鸿沟将回溯过去的人们隔绝在过去之外。结尾一句"当风起时 / 许多人一直把匕首刺入自己的心脏"恰恰呼应了诗首的那句"我内心的深痛无法解释",也由此完成了由个体经验到集体经验的自然过渡。

戈 麦

戈麦（1967—1991），原名褚福军，黑龙江省萝北县人。中国当代诗人。1985年开始诗歌创作，1989年毕业于北京大学中文系。曾供职于《中国文学》杂志社，任编辑。1990年自编诗集《我的邪恶，我的苍白》，与西渡合出半月刊《厌世者》五期。1991年9月24日自沉于北京西郊万泉河，未留遗言。代表诗作是《南方》《誓言》《红果园》等，去世后遗作由诗人西渡整理，出版诗集《彗星》和《戈麦诗全编》等。

南　方 [1]

像是从前某个夜晚遗落的微雨

我来到南方的小站

檐下那只翠绿的雌鸟

我来到你妊娠着李花的故乡

我在北方的书记中想象过你的音容

四处是亭台的摆设和越女的清唱

漫长的中古　南方的衰微

一只杜鹃委婉地走在清晨

我的耳畔是另一个国度　另一个东方

我抓住它　那是我想要寻找的语言

我就要离开着哺育过我的原野

在寂寥的夜晚　徘徊于灯火陌生的街头

此后的生活就要从一家落雨的客栈开始

一扇门扉挡不住青苔上低旋的寒风

我是误入了不可返归的浮华的想象

还是来到了不可饶恕的经验乐园

注 释

〔1〕选自《戈麦诗全编》，上海三联书店 1999 年版。

鉴 赏

　　诗人戈麦的诗歌写作生涯是很短暂的，如同他的生命，但是他

却留下了令同代人印象深刻的作品，当然这是他去世后的事情了。

戈麦是北方人，人生中的大部分时间都在黑龙江、北京这样的北方城市渡过，却在诗歌中构筑着自己对南方的"想象"。《南方》是其1991年创作的"南方"诗题中的一首。在他的自述中曾提道："戈麦寓于北京，但喜欢南方的都市生活，他觉得在那些曲折回旋的小巷深处，在那些雨水从街面上流到室内、从房顶上漏至铺上的诡秘的生活中，一定发生了许多绝而又绝的故事。"在戈麦的笔端，南方在声音中自由地流淌，从越女的清唱到杜鹃的啼鸣。在南方声音的国度里潜藏着戈麦一直在寻找的"语言"，诗歌从属于幻想，而幻想在语言中生长。戈麦由声音步入幻想中的南方，又聚焦到一家落雨的寒凉的客栈，从听觉到视觉再到感觉的转换轻巧而自然。当南方这幻想的乐园近在咫尺，诗人猛然发出疑惑的叹息："我是误入了不可返归的浮华的想象 / 还是来到了不可饶恕的经验乐园"。结尾两句鲜明地揭示出诗人内在的敏感而多思的个性，当从书籍中阅读到的南方、幻想中的南方和实际经验中的南方三者相互缠绕又彼此冲撞的时候，诗人心中萌生了对南方陌生经验的恐惧感和孤独感。整首诗注重外在的形式感，更凸显出戈麦对诗歌语言高度凝练的要求。

朵 渔

朵渔（1973— ），原名高照亮。中国当代诗人、学者。
1994年毕业于北京师范大学中文系。2000年参与发起"下半身"
诗歌运动。曾获柔刚诗歌奖、海子诗歌奖、天问诗人奖等多项
当代重要诗歌奖项。现主编民间诗歌刊物《诗歌现场》。代表
诗作有《暗街》《宿命的熊》《高原上》《今夜,写诗是轻浮的……》
《落花流水》等。

暗　街 [1]

天黑下来之前我看到
成片的落叶和灰鼠的天堂
以及不大的微光　落在啤酒桌上
天黑之后雨下得更加独立，啤酒
淹没晃动的人形
和，随车灯离去的姑娘
在这个时辰幸福不请自来

在这个时辰称兄道弟说明一切

我来这里

不是寻找一种叫悲伤的力量

而是令悲伤无法企及的绝望

注 释

〔1〕选自《追蝴蝶 朵渔诗选 1998-2008》，作家出版社 2018 年版。

鉴 赏

在 21 世纪初中国诗坛掀起的"下半身"诗歌运动中，朵渔是绝不能被忽视的一位诗人。他的诗歌既充满了对原有诗歌秩序的反叛，更反映出新一代诗人对汉语诗歌的重新理解。《暗街》是朵渔颇具代表性的作品，在这首诗中并没有直白地袒露对肉体的关注，而是将焦点放置在人的内心世界的投射上，彰显了朵渔对人的情绪的捕捉。朵渔在语言的处理上显得克制而冷静，口语的肆意宣泄显然并不符合《暗街》想要传达的主题——人内心和精神世界的巨大孤独和绝望。因此，我们在这首诗中看到了一个坦诚地袒露着自己情绪的朵渔。成片的落叶、灰鼠、啤酒桌上跃动的微光，白描似的刻画呈现的是一个作为观者的"我"对外部世界的感受。"我"的孤独并没有随着时间的流逝而消解，也没有在酒精、女人、友情中

寻找到解救的良药。而这种情绪吞没了诗人，使他进而意识到这种
精神上的孤独感和悲伤的情绪，原来"是令悲伤无法企及的绝望"。
《暗街》所表现的人的情绪并不是瞬间性的，也并不是一种莫名的
悲伤，而是经过了沉淀与酝酿，在动态的外部世界的对比中，对于
现代人在现实世界中的"真空感"、人的内心世界与外部世界之间
的阻隔感，所产生的不可遏制的悲伤乃至绝望的情绪。

郑小琼

郑小琼（1980— ），四川南充人。中国当代诗人。2001年到广东东莞打工并开始诗歌创作。2007年作为"打工诗人"备受关注，诗作散见于《诗刊》《山花》《星星》等诗歌刊物。曾参加第三届全国散文诗笔会、诗刊第二十一届青春诗会，获人民文学奖、庄重文学奖等多项大奖。代表诗作是《生活》《机器》《黄麻岭》等，著有诗集《散落在机台上的诗》《女工记》《纯种植物》《玫瑰庄园》等。

生 活 [1]

你们不知道，我的姓名隐进了一张工卡里
我的双手成为流水线的一部分，身体签给了
合同，头发正由黑变白，剩下喧哗，奔波
加班，薪水……我透过寂静的白炽灯光
看见疲倦的影子投影在机台上，它慢慢地移动
转身，弓下来，沉默如一块铸铁

啊，哑语的铁，挂满了异乡人的失望与忧伤

这些在时间中生锈的铁，在现实中颤栗的铁

——我不知道该如何保护一种无声的生活

这丧失姓名与性别的生活，这合同包养的生活

在哪里，该怎样开始，八人宿舍铁架床上的月光

照亮的乡愁，机器轰鸣声里，眉来眼去的爱情

或工资单上停靠着的青春，尘世间的浮躁如何

安慰一颗孱弱的灵魂，如果月光来自于四川

那么青春被回忆点亮，却熄灭在一周七天的流水线间

剩下的，这些图纸，铁，金属制品，或者白色的

合格单，红色的次品，在白炽灯下，我还忍耐的孤独

与疼痛，在奔波中，它热烈而漫长……

注 释

〔1〕选自《郑小琼诗选》，花城出版社 2008 年 4 月版。

鉴 赏

中国 80 后女诗人郑小琼是 21 世纪以来凭借写作"打工诗歌"而受到诗坛瞩目的，因此也被视为"打工诗人"的代表。她以自身打工经历的真实体验以及对打工生活的理解融入诗歌创作之中，向

大众呈现了打工者群体性的本真生存状态和精神困境。在郑小琼众多描绘打工生活的诗作中，《生活》极具代表性。工业时代人的物化及商品化、现代人精神上的扭曲与变形，是"打工诗歌"表现的重要主题之一。打工者自我日渐丧失的过程是从"丢失"姓名开始的，同时丢失的是如机器一般不断运转的身体——卖给了合同。"铁"作为意象的充分使用，是郑小琼"打工诗歌"的突出特点。以"铁"隐喻着人在丧失自我的过程中不断地走向物化，成为"哑语"的、生锈的"铁"——一种无声的生活。异乡的孤独感、高强度不间断劳动带来的肉体的疼痛以及精神上的空虚，在郑小琼诗中静静地流淌，凝聚成一个深深的疑问："我不知道该如何保护一种无声的生活"。当打工者的青春、人的本能欲求全部抛掷在流水线上，与白炽灯和商品联系在一起的时候，诗人实际上解释的是"打工者"群体性的生存遭际，勾勒的恰恰也是底层世界的现实图景。《生活》一诗在语言上显得质朴无华，显示出与诗歌表现主题和感情的一致性。